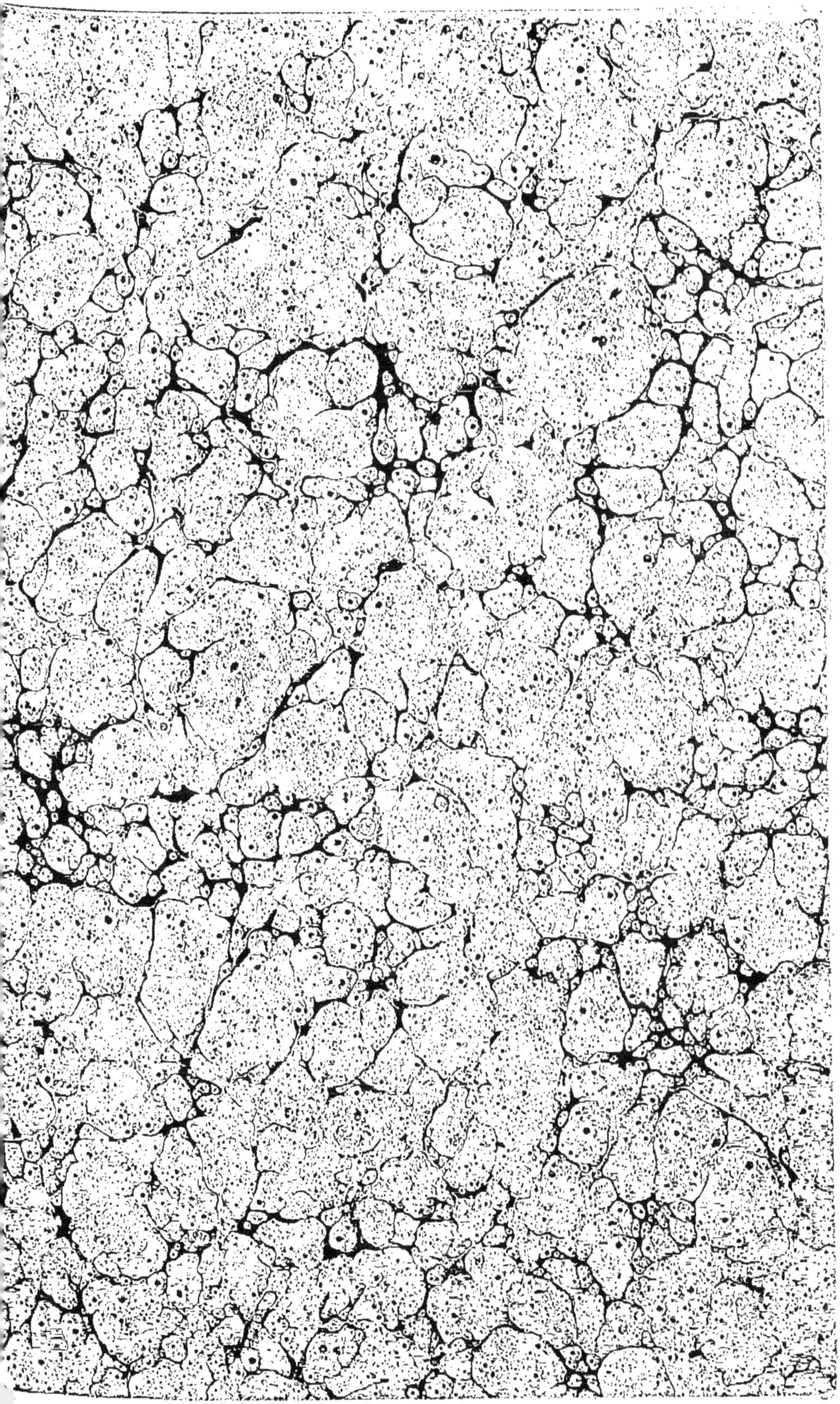

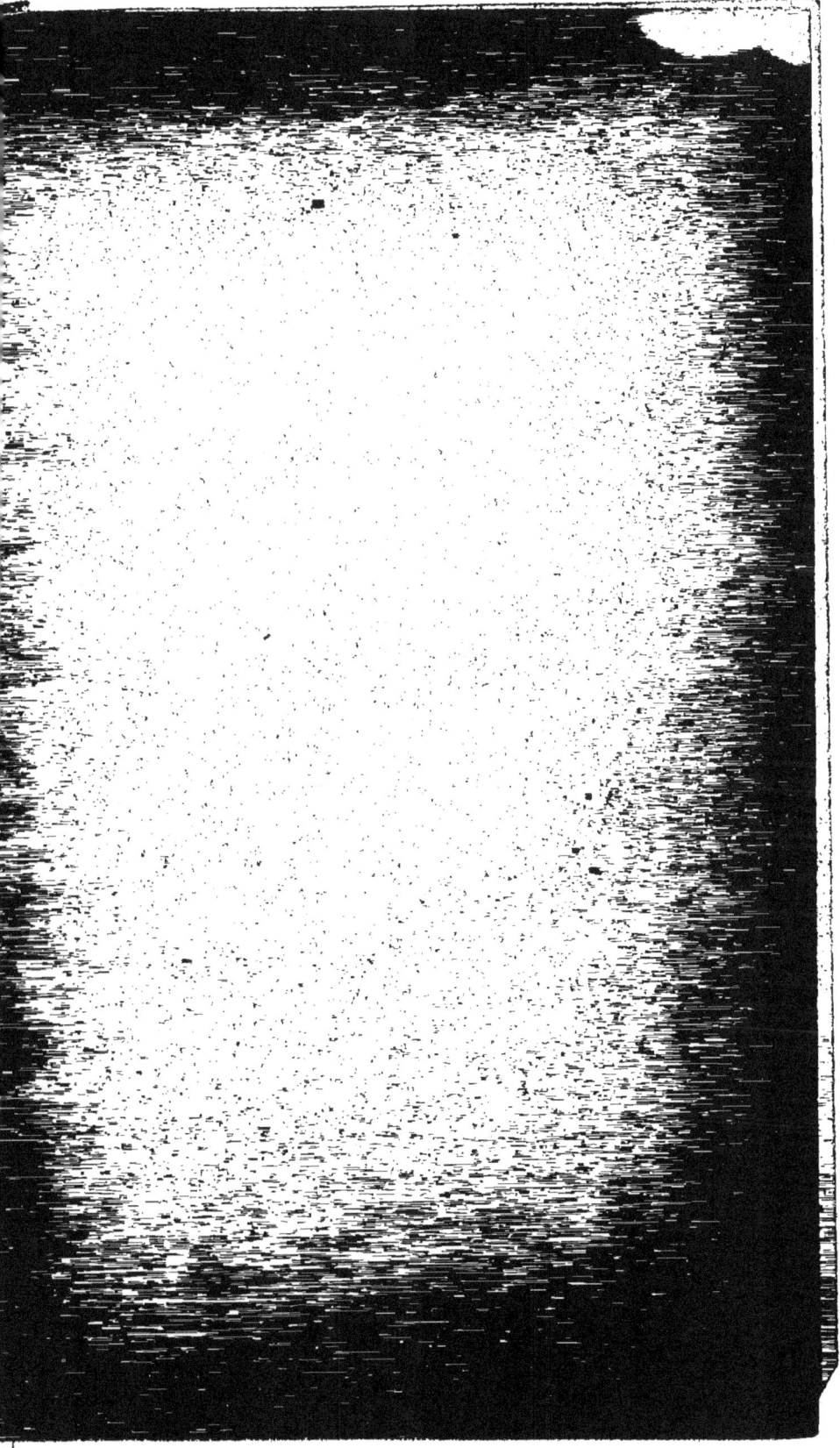

LA CHANTEUSE

Brux. — Typ. A. Lacroix, Verboeckhoven et Cie, r. Royale, 3, impasse du Parc.

LA CHANTEUSE

PAR

Mme MARIE RATTAZZI
(MARIE DE SOLMS)

TOME SECOND

PARIS
LIBRAIRIE INTERNATIONALE
15, BOULEVARD MONTMARTRE, 15
Au coin de la rue Vivienne
A. LACROIX, VERBOECKHOVEN ET Cie, ÉDITEURS
A BRUXELLES, A LEIPZIG ET A LIVOURNE

1867

I

LES BORDS DU RHIN A VOL D'OISEAU

Au lieu de se rendre directement à Bade, Magarthy voulut parcourir la Belgique.

— Le Rhin attendra un peu, dit-elle à ses filles.

Ces jeunes et aimables enfants allaient, sans s'en douter, devenir entre les mains de leur mère, un appât pour la nouvelle chasse qu'elle tentait. Elles furent naturellement du voyage. La quarteronne allait, pour employer l'expression technique, *entraîner* ses filles ; sans rien leur ôter de leur innocence qu'elle respectait et dont elle était fière, elle voulut leur donner un peu de cet acquit qu'on ne parvient à obtenir que par la fréquentation du monde. Voici comment elle avait décidé, après mûre réflexion, que serait jouée la grande comédie qu'elle méditait. Bruxelles devait-être la première station ; c'était là que serait expérimentée la première mise en scène... Puis on irait à Spa, cette ville qui attire tous les ans 2,000 ou 3,000 étrangers. A Spa, les jeunes actrices sans le savoir, déjà familiarisées avec le public feraient, pour ainsi dire, les répétitions générales. On essaierait, peut-être, une représentation à Ems ; mais ce n'était qu'à Bade qu'aurait réellement lieu l'exécution complète de cette haute comédie... Magarthy adorait ses enfants, nous le savons, et nous avons déjà fait connaître cette affection sincère, ardente et pure, qui faisait un si singulier contraste avec la nature cynique et pervertie de cette femme. Ce qu'elle rêvait maintenant, c'était de marier Mézélie, de créer à ses filles, par une union honorable, une famille nouvelle. Une fois, Mézélie mariée et bien mariée, ses autres enfants ne pouvaient manquer d'être pourvues à leur tour et elle, belle-mère choyée par des gendres épris et riches, n'aurait plus qu'à terminer sa vie au milieu de ses chers trésors. — Partageant son existence en trois parts, elle habiterait tantôt avec l'une, tantôt avec l'autre ; elle se débarrasserait alors de cet oncle et de cette tante de contrebande, de ce Simon Lenoir qui s'était rendu presque indispensable et dont la présence la gênait et l'effrayait à la fois... Peut-être, elle-même, trouverait-elle une dupe et pourrait-elle enfin contracter un hyménée sortable... Alors elle se sentait sauvée!... Elle disait adieu à l'infamie pour toujours... Il fallait bien du reste que cette vie de débauche, d'intrigues et d'amours vénales, eût un terme. Elle n'était plus jeune, et sa beauté disparaissait, à mesure que l'embonpoint faisait des progrès plus rapides. Ses enfants étaient arrivées à un âge où les yeux sont clairvoyants ; pour rien au monde elle n'eût voulu s'exposer au mépris des seuls êtres qu'elle adorait. C'était donc un rêve splendide que faisait Magarthy. Nous verrons si ce rêve devait s'accomplir. Pour le moment, nous nous contenterons de la suivre pas à pas dans cette nouvelle course aux maris. Elle arriva à Bruxelles avec grand fracas, Simon Lenoir, son factotum, lui avait loué pour un mois une maison toute meublée. Les deux domestiques nègres produisirent un certain effet : l'oncle et la tante étaient bien dans leur rôle : aussi en peu de temps, se créa-t-elle quelques relations. — Bruxelles est une ville hospitalière par excellence et ses habitants se laissent facilement tromper par les apparences, surtout lorsque ces apparences sont dorées. On a, en Belgique, une grande vénération pour les gens qu'on suppose riches, et Magarthy affichait un certain luxe. La maison que Simon lui avait louée était située place Royale, vis-à-vis l'hôtel de la Grande Bretagne. Comme la plupart des habitations de cette ville toute parisienne, elle était bien bâtie et d'une propreté modèle. La créole pouvait impunément se faire passer pour millionnaire dans cette ville où l'on vît à bien meilleur marché qu'à Paris. Elle allait souvent avec ses filles et ses parents apocryphes, s'asseoir sur les délicieuses promenades ou sur les charmants boulevards qui font une ceinture verdoyante à cette petite capitale, bijou de propreté. Les Belges de Bruxelles sont, en général, pleins d'aménité et de politesse. Ce peuple, qui jouit d'une grande liberté, est à nos yeux un des peuples les plus heureux de la terre... Il y a bien, par ci, par là, quelques velléités de désordre, mais elles s'éteignent presque d'elles-mêmes, grâce à l'amour et au respect que la population a pour son roi. Léopold est placé entre deux partis bien distincts et il faut toute son habileté et toute sa prudence, pour maintenir l'équilibre entre ces deux antagonismes qui se haïssent depuis si longtemps : nous avons nommé le parti libéral et le parti catholique... Malheureusement ces deux partis sont tous les deux très puissants dans ce pays, leurs forces sont à peu près égales. Si le parti libéral compte un plus grand nombre de partisans dans les grands centres, le parti catholique est mieux soutenu dans les campagnes. Le parti libéral l'emporte aux élections, mais d'une majorité relativement bien faible et surtout grâce à l'appui qu'il rencontre dans le gouvernement qui met à sa disposition tous les moyens légaux dont il peut disposer.

Tout allait au gré des vœux orgueilleux de Magarthy. Elle et sa famille, — je ne parle ni de l'oncle, ni de la tante qu'on *sortait* le moins possible et qui n'étaient bons qu'à remplacer les vieux tableaux d'aïeux dans le salon, — étaient toujours en mouvement.

Simon Lenoir n'était plus valet de pied, comme au temps des collations du boulevard Malesherbes, il était devenu secrétaire des commandements de madame de Talin. Malgré ce nouveau grade, il n'était admis que dans le cabinet de madame la baronne, et jamais il ne s'assit à la table, ni ne coucha sous le toit de la famille. Magarthy l'eût tué s'il se fût permis d'adresser la parole à ses filles. Elle avait besoin de lui... Ils se connaissaient tous les deux de longue date, et n'avaient plus rien à s'apprendre sur leur ignominie réciproque... Mais cette femme, qui ne croyait à rien, eût regardé comme le dernier des sacriléges de laisser ses enfants se souiller au contact de ce misérable. Simon

Lenoir semblait comprendre cette susceptibilité, et il se conformait scrupuleusement aux désirs de Magarthy. Il trouvait dans cette femme un appui qu'il n'eût trouvé nulle part. Quoiqu'elle ne fût pas généreuse, Magarthy lui donnait assez d'argent pour satisfaire à ses besoins. Il eût pu faire des économies, mais l'ivrognerie absorbait tout ce qu'il gagnait. La créole fermait les yeux sur ses vices... Du reste, le digne sire ne buvait que le soir ou la nuit, et ne se présentait jamais en état d'ivresse devant elle. Dans tous les cas, elle ne pouvait espérer trouver un modèle de tempérance dans un forçat libéré ; un secrétaire honnête homme lui eût été parfaitement inutile. Elle chargea donc ce digne acolyte de semer quelques chroniques à son sujet dans les nombreux journaux qui se publient en Belgique. Simon Lenoir se surpassa. Ses articles furent magnifiques. Chaque jour on lisait quelque chose de nouveau sur la délicieuse famille de Talin. Tantôt c'était un mot plein d'à propos, d'esprit et de délicatesse tombé des lèvres de mademoiselle Mézélie... Tantôt, une action charitable de sa mère : enfin, certaines feuilles ne tarissaient pas sur le compte de ces dames. Leur vie était commentée, pas à pas, depuis l'heure où elles entendaient la messe à l'église des Saint-Michel et Gudule, jusqu'au moment où elles venaient de voir le nouvel opéra au Grand Théâtre de la Monnaie. Rien n'était négligé par Magarthy pour faire de l'effet et forcer l'attention publique à se fixer sur elle. Mézélie, qui peignait assez joliment, allait tous les matins travailler au Musée. Sa mère avait désiré avoir une copie de l'*Adoration des Mages* de Van Dyck. Elle arrivait à dix heures avec la fidèle tante et le vieil oncle décoré, car Magarthy l'avait fait officier de la Légion d'honneur, pour le temps de son voyage; Mézélie travaillait jusqu'à midi ou une heure, moment où toute la bande venait la chercher pour la promenade. Les deux portraits de famille retournaient philosophiquement à la maison reprendre la partie de piquet traditionnelle, et le tour était joué. Simon Lenoir n'avait pas manqué de vanter le talent de mademoiselle de Talin, qu'il comparait à Rosa Bonheur, *bien que leur genre ne fût pas le même!*

La pauvre enfant ne se doutait pas qu'elle fût imprimée toute vive... Sa mère se gardait bien de lui parler des compositions élogieuses du secrétaire Lenoir.

Au bout de trois semaines de séjour dans cette ville, Magarthy songea à pousser plus loin et à gagner Spa pour y exécuter, comme nous l'avons dit, les répétitions générales de la comédie. Mézélie avait beaucoup gagné dans le mois qui venait de s'écouler. Tout le long de la route, sa mère la contemplait avec extase.

— Avec une figure, une démarche et une instruction pareilles, se disait-elle, ma Mézélie est digne d'un roi !

Sans s'arrêter ni à Louvain, ni à Liége, nos voyageurs arrivèrent à Spa, un samedi du mois de juillet.

Spa est une charmante ville, ou plutôt c'est une miniature de ville. Enfouie dans une riante vallée, — la vallée de la Vèse, — ses maisons sont gracieusement bâties. Partout des jardins, des prés, des bois et des cascades! Comme Roland dont la bravoure était si grande, *qu'oubliant qu'il avait été tué, il combattait vaillamment encore*, la ville de Spa ne semble plus se rappeler qu'elle a été presque complétement détruite par le grand incendie de 1807.

Notre héroïne, après s'être installée confortablement à l'hôtel d'Orange, recommença les promenades de Bruxelles. Elle et ses filles visitèrent toutes les curiosités du pays. Elles prirent des bains d'eau minérale à l'établissement communal. On les rencontra souvent aux sources du Pouhon, du Tonnelet, de la Géronstère et de Barisart. Pour se rendre à ces trois dernières qui sont à quelque distance de la ville, voici comment Magarthy avait organisé ses équipages. Elle, la plus jeune de ses filles et madame du Tilleul occupaient une voiture à deux chevaux, conduite par un des nègres, tandis que l'autre se tenait par derrière sur le strapontin. Mézélie et sa sœur cadette, en amazones, chevauchaient sur deux de ces charmants petits chevaux de Spa, dont la douceur est proverbiale : elles étaient accompagnées par l'oncle, officier de la Légion d'honneur, fièrement campé sur une jument d'assez belle encolure. L'effet produit par cette cavalcade était immanquable. Les nègres et l'officier de la Légion d'honneur comptaient pour beaucoup dans le succès du tableau.

Pendant que ces dames montraient partout leurs toilettes et leur opulence, maître Simon Lenoir avait trouvé une occupation qui l'intéressait énormément. Il passait tout son temps à la Redoute, seul établissement de jeu qui soit autorisé en Belgique. Il jouait et gagnait souvent. Ne croyez pas qu'il trichât! — Il n'aurait pas mieux demandé sans doute; mais il est impossible de tricher à la roulette ou au trente et quarante. Il ne jouait que la *rouge* ou la *noire* et il pratiquait un système qui vaut la peine d'être raconté et pour l'application duquel il faut un caractère ferme et un stoïcisme à toute épreuve. Il s'était imposé la loi suivante : Je sacrifie 20 francs par jour au jeu, mais pas un sou de plus! Et, en effet, tous les matins, il mettait 20 francs, c'est à dire quatre pièces de 5 francs, dans sa poche *gauche* et il se rendait à la Redoute... Là, il jetait bravement une de ses pièces sur la rouge, ou sur la noire et il attendait le résultat. S'il gagnait, il laissait une pièce sur une des couleurs et mettait son gain dans sa poche *droite*. — Remarquez bien que c'était dans la poche *droite* et non dans la *gauche!* — Tant que la veine lui était favorable, il fournissait à cette bienheureuse poche droite, en ayant toujours le soin de laisser 5 francs sur le tapis, jamais plus! S'il perdait, au contraire, il empruntait 5 francs à la poche gauche, et si le coup suivant lui était favorable il mettait encore le *gain* dans la poche *droite*. Mais si, en mettant la main dans la poche *gauche*, il ne trouvait plus que le vide, il cessait de jouer, eût-il eu 200 francs de gain dans la poche *droite*. — Tel était le système de maître Simon Lenoir et il lui réussit assez bien, puisqu'il gagna 5,000 francs. Par exemple, il fallait avoir une tête aussi solide que la sienne pour garder son sang-froid et ne pas faire d'invasion dans la poche droite. Simon avait une volonté de fer et pas une seule fois, pendant les quinze jours à la Redoute, il n'eut même la tentation d'enfreindre la règle qu'il s'était imposée.

II

SUITE DU VOYAGE

Ems! charmant pays, objet de mes prédilection!... Quelles épithètes pourraient rendre complétement ma pensée à l'égard de cette ville d'eau, la plus jolie, la plus coquette, la plus agréable, la plus... mais je m'arrête! madame de Sévigné en dirait encore pendant deux pages et je ne suis pas madame de Sévigné, pour imposer mes appréciations au public.

Magarthy est à Ems... Elle est descendue à l'hôtel d'Angleterre... Le premier et le second jour furent employés à parcourir la ville! Le Cursaal, ou palais de conversation, avec ses charmants bosquets, où l'on prend le café; le châlet, situé au dessus de l'église protestante, autant de buts à de ravissantes promenades. Les jeunes filles, sous la conduite de leur mère, ne perdirent rien des beautés de ce séjour enchanteur... Mézélie, Miany et la petite sœur étaient montées sur des ânes, et leurs toilettes, toutes les trois pareilles et remarquables par leur fraîcheur faisaient retourner tous les passants. C'était là le but de Magarthy. Peu sensible aux beautés de la nature, elle ne faisait jamais un pas, sans un motif de spéculation... Mais elle ne réussit pas à pénétrer dans la société, c'est à dire dans la coterie aristocratique d'Ems. Elle fit bien quelques connaissances éphémères d'hôtel et de table d'hôte... Elle se lia avec quelques femmes aussi inconnues qu'elle-même! Quelques artistes en tournée grossirent aussi son cercle; mais, sans être tout à fait le demi-monde, ce n'était pas du tout le vrai monde! A Ems, comme dans beaucoup de villes d'eau, les gens de la société serrent leurs rangs et il est presque impossible de forcer la consigne... Magarthy, tout en affichant un certain luxe, tout en faisant des avances à tout le monde ne parvenait pas à dissiper l'espèce de méfiance dont elle et sa famille étaient l'objet. Grâce aux réclames de Simon Lenoir, on la savait millionnaire... mais on n'avait pas *vu* les millions! Son nom était parfaitement inconnu et dans cette sphère, où l'on sait son d'Hozier sur le bout du doigt, on cherchait à remonter à la source des Talin. On savait qu'elle était créole... mais créole de l'île Bourbon, colonie française. Donc M. de Talin devait être un émigré, et l'on devait retrouver la souche de cette famille. Bref, notre quarteronne en fut pour ses frais de réclames et de courbettes. L'on s'invitait devant elle, soit à une promenade, soit à une soirée, et toujours l'invitation passait par dessus sa tête. Ses filles, innocentes après tout, élevées dans un riche couvent, mais ignorant encore bien des choses de la vie, se plaignaient à leur mère de ce qu'on les laissât toujours à l'écart quand on faisait des invitations.

— Pourquoi donc, maman, la fille de la marquise, qui est si gentille et avec qui j'ai joué l'autre jour, sur le piano de l'hôtel, la *Prière de Moïse* à quatre mains, ne m'a-t-elle pas prévenue que ce soir, on danserait chez sa mère?

Ainsi parlait Mézélie... Puis c'était le tour de Miany:

— C'est singulier! je ne m'explique pas cela, toutes ces demoiselles nous font un charmant accueil à Berthe et à moi... et cependant, on se cache de nous pour comploter de petites parties dont nous ne sommes pas!

Et les jeunes filles se dépitaient et Magarthy, lorsqu'elle se trouvait seule, avait des larmes de rage et des sanglots de désespoir :

— Oh! monde absurde et cruel! que t'ont fait ces pauvres enfants! Elles plus jolies, plus spirituelles, plus gracieuses que toutes ces petites chipies!... Mais je forcerai ta porte, ô monde sans pitié! Et je t'apprendrai à connaître le poids de la colère d'une femme telle que moi.

Tels étaient les monologues fréquents de Magarthy et elle était dans son tort... Le monde n'en voulait ni à elle, ni à ses enfants. Seulement, il sentait, grâce à cette intuition particulière qui lui est propre, qu'il y avait quelque chose de louche et de faux dans la situation de cette famille ambulante; il s'abstenait, voilà tout. — Magarthy se rendait bien compte de tout cela, et la conscience d'être dans son tort doublait sa colère. Quant aux enfants, innocentes complices de ses machinations, elles souffraient, sans se rendre compte de leur malaise. Elles étaient, par leur éducation, presque les égales de toutes ces jeunes filles... Elles étaient aussi jolies et mieux mises que la plupart, et on les repoussait... Pourquoi? Les deux plus jeunes, Miany et Léonie, ne s'apercevaient que bien peu de cet état de chose... Mais Mézélie commençait à raisonner juste. Elle n'était pas la dupe de l'oncle et de la tante... et tandis que ses petites sœurs ajoutaient foi pleine et entière à l'officier *provisoire* de la Légion d'honneur et à l'auguste madame du Tilleul... Mézélie était quelquefois songeuse dans sa petite alcôve blanche.—Son oncle et sa tante étaient faux!... Cela, elle le savait de reste et, alors, ses pensées se reportaient vers ce cadre voilé de noir, du capitaine de vaisseau, de la maison de Paris... et elle se demandait, elle qui n'avait ni tante, ni oncle... si elle avait eu réellement un père capitaine de vaisseau. Mais elle adorait sa mère et, baissant ses paupières virginales, elle se défendait à elle-même d'insister sur ces réflexions.

— Ce que fait maman doit être bien fait, disait-elle, et ses yeux se fermaient sur cette pensée.

La position cependant devenait intolérable pour Magarthy et elle se résolut à quitter Ems et à prendre la route de Bade. Remontant donc le Rhin, elle s'arrêta deux jours à Wiesbaden et ce fut vis-à-vis la gare, à l'hôtel de Taunus, qu'elle établit son pied à terre. Mais elle se trouva encore plus désorientée dans cette ville qu'elle ne l'avait été à Bruxelles ou à Ems... Près de 30,000 étrangers fréquentent annuellement cette perle des bains de Taunus, et puis ce n'était qu'une étape, qu'un moment de repos dans sa course excentrique.

Après avoir exhibé quatre toilettes ravissantes et visité la chapelle grecque, ce mausolée d'une jeune et jolie princesse devant lequel on se prend à rêver involontairement — la mort ne saurait effrayer, poétisée ainsi, et je voudrais un semblable tombeau — la famille voyageuse monta en wagon le surlendemain.

Francfort-sur-le-Mein ne posséda Magarthy que vingt-quatre heures; Bade était le phare qui l'attirait, et il lui semblait qu'elle n'y arriverait jamais. Pour ses filles, elles allaient sans but, heureuses au bout du compte de voyager... prenant des notes sur tout ce qu'elles voyaient et s'interrogeant entre elles pendant les longues heures de chemin de fer, pour voir si elles n'avaient rien oublié. Pendant ce temps, Magarthy bâtissait des châteaux en Espagne, dressait des plans de bataille, et l'oncle et la tante ronflaient dans leur coin.

Quant à maître Simon Lenoir, il fumait sa pipe dans les troisièmes, en jouant aux cartes avec les honnêtes Allemands de son compartiment. La fortune lui souriait, et pour cause, et le temps se passait pour lui sans trop de fatigue.

Enfin, on arriva à Carlsruhe, la capitale du grand duché de Bade. Là Magarthy décida qu'on se reposerait trois jours pleins, afin de préparer dignement le départ définitif pour Bade. Pendant ce temps, on parcourut la ville, et Simon Lenoir composa un entrefilet ainsi conçu, qui fut expédié à Bade, le jour même :

« Carlsruhe dont la population flottante est déjà si distinguée, vient encore de s'enrichir de nouveaux hôtes qui méritent une mention spéciale. Une veuve créole, madame de T...., nous nous contentons de cette initiale transparente, vient d'arriver avec ses trois charmantes filles, après avoir parcouru Bruxelles, Ems, Wiesbaden et Francfort. Ces dames se rendent à Bade, où elles finiront probablement la saison. Leur départ sera une perte pour Carlsruhe; les millionnaires ont toujours un certain prestige qui éblouit, et madame de T.... est trois fois millionnaire. De plus, elle est charitable! Chacun de ses pas est marqué par un bienfait. Sa fille aînée, pleine de grâce et de talent, est l'objet de toutes les prévenances. Quelques-unes ne sont pas tout à fait désintéressées et plus d'un duc ou d'un marquis serait enchanté de passer l'anneau béni au doigt de la jolie petite baronne... »

Magarthy, après la lecture de cette réclame, fut si contente qu'elle donna deux frédéricks à Simon.

Puisque nos héroïnes doivent séjourner quelques jours à Carlsruhe, nous profiterons de ce temps pour faire connaître cette ville aux lecteurs.

Figurez-vous un éventail déployé et vous aurez une idée parfaite de Carlsruhe. Le palais du grand duc occupe le centre, le bouton, si vous voulez, de cet immense éventail. Il ne faut point chercher la gaîté dans cette capitale. Les rues sont larges, c'est vrai ; les maisons bien alignées et élégantes... c'est encore vrai... mais tout cela n'empêche pas que la ville ne soit triste. C'est Versailles en petit, Bourg en grand et Saint-Germain en proportions à peu près égales. Tous les monuments publics semblent se tenir par le bras, et quand vous avez visité la grand'rue Carl-Friedrichstrasse, vous avez tout vu !

Le château et sa plate-forme qui domine toute la ville peut compter parmi les curiosités de Carlsruhe... Puis viennent le théâtre, peint en deux couleurs, — les serres, le jardin botanique et l'académie ou musée de peinture, de sculpture, et d'antiquités, — Murillo, Michel-Ange, Rembrandt, Diaz, Paul Véronèse, tels sont les noms consacrés qui vous retiendront attentifs et charmés dans ce musée composé avec goût et avec amour.

Carlsruhe est encore célèbre par le souvenir aimable et gracieux de la grande duchesse Stéphanie.

Fidèle à sa mise en scène, Magarthy, au lieu de

prendre le chemin de fer, loua une chaise de poste à quatre chevaux avec doubles colliers de grelots. Elle *emballa* toute sa famille dans le véhicule et donna le signal du départ aux postillons stimulés par la promesse de doubles guides. Ils firent claquer leurs fouets et partirent ventre à terre!

Laissons rouler Magarthy et devançons-là à Bade C'est dans cette ville que se dérouleront quelques événements importants de notre récit. Qu'on nous permette donc de consacrer un chapitre tout entier à Bade, à ses mœurs et à ses coutumes. « Le paysage avant le bonhomme! » disait Drolling. « Le décor avant les acteurs! » disait Shakespeare.

[illegible]
[illegible]
[illegible]
[illegible]
[illegible]
[illegible]
[illegible]
[illegible]
[illegible]
[illegible]
[illegible]
[illegible]
[illegible]
[illegible]

III

BADE DE NOS JOURS

Il faudrait des volumes pour raconter les merveilles de cette ville et toutes ses beautés. Jadis, modeste petit bain de la Forêt-Noire, ce n'était qu'une petite bourgade allemande. Aujourd'hui Bade est la capitale d'été de l'Europe civilisée, et pourtant les éléments de sa gloire monumentale sont bornés. Un joli théâtre, deux églises, voilà son bilan architectural. Mais son palais est un véritable chef-d'œuvre de luxe et d'élégance. La belle avenue de Lichtenthal qui voit, chaque année, passer et disparaître plus de 30,000 étrangers de toutes nationalités, est une des plus belles promenades que nous connaissions.

Nous n'avons pas l'intention de faire une concurrence quelconque aux guides et au *Vade-mecum* et c'est plutôt moralement, qu'au point de vue géographique et historique que nous voulons vous faire connaître cette ville unique au monde.

Sur une terrasse, longue de 350 pieds, s'agite une foule de 3 à 4,000 promeneurs : Anglais, Belges, Allemands, Russes et Français surtout. Dans cette Babel, les dialectes se confondent sans qu'on cesse de s'entendre pour cela. L'uniforme y coudoie amicalement l'habit, la casquette et le panama échangent des saluts. On y est moins esclave de la mode que dans les villes : les hommes paraissent moins laids et les femmes, plus jolies.

En face de la ville de Bade s'étage, au flanc occidental d'une montagne, le clocher ducal de la couronne. Au clocher octogone de son église paroissiale, flotte le drapeau national, mi-partie rouge et mi-partie jaune. Le soleil couchant met ses reflets aux vitres des fenêtres et aux ardoises des toits. Les grands sapins de la Forêt-Noire, profilant dans le gris du ciel leurs sommets aigus, servent de cadre au tableau.

Dans l'air, retentissent les fanfares de la musique du régiment autrichien, en garnison à Radstadt.

Dans les intervalles des morceaux, on entend le bruit de l'or qu'on remue dans les salles... A ce bruit, les joueurs désertent la promenade... Ils gravissent, rapides, les marches du portique corinthien dont Weinsbrenner fut l'architecte. Sous la colonnade de ce portique, et au dessus de la porte d'entrée, sont des peintures en grisailles, représentant des scènes de jeux anciens et modernes. Ils jettent à ces peintures un regard distrait, mais ils consultent l'horloge placée au dessus de la porte. Ils la consultent encore en sortant... Les joueurs aiment à savoir la durée d'une partie comme les conquérants la durée d'une bataille.

Cette terrasse qui s'étend devant la Conversation, — c'est ainsi que s'appelle le cercle de M. Bénazet, — est une galerie, où l'on peut voir passer toute l'Europe artistique, littéraire et aristocratique. Si vous le voulez, nous assisterons à la grande revue des noms glorieux, aimés, illustrés, ainsi qu'à celle des noms scandaleux ou ridicules, qui défilent tous les ans sur ce Champ de Mars de l'opinion publique.

La littérature y est représentée tous les ans par ses plus nobles champions. — C'est d'abord, Méry, le causeur éternel, toujours grelottant sous ses quatre paletots, qui maudit l'hiver au mois de juillet et aspire aux béatitudes du Sénégal...

— Mais il y fait cinquante degrés de chaleur, lui réplique-t-on.

— Eh bien... C'est un doux printemps, répond le poète.

Bras-dessus, bras-dessous, rimant un couplet ou un rondeau, voici venir Raymond Deslandes et Édouard Martin, les frères E. et J. de Goncourt, les suivent en méditant une seconde *Henriette Maréchal*... Là c'est Edmond About, qui a emprunté l'esprit de Voltaire comme conteur, l'esprit de Rivarol comme chroniqueur, et qui n'a eu qu'un tort dans sa vie... *Gaëtana!* mais un manuscrit sort de sa poche et on y lit le titre d'une comédie nouvelle : *l'Habit d'un académicien*... Nous verrons s'il est cousu de bon fil. — Puis le vicomte Ponson du Terrail donnant le bras à sa jeune femme et lui racontant le plan d'un nouveau roman en quarante-huit volumes, qu'il se propose d'appeler *Enfer, Poignard, Potence et Prison!* Type singulier que ce vicomte Ponson du Terrail! Formaliste comme le spirituel M. de Boissy, entiché de sa noblesse et cependant plein de cœur et d'intelligence! Il a trouvé le moyen d'acquérir une fortune colossale en fournissant à mille petits journaux à deux sous, des romans qui n'en finissent pas et qui cependant ont un certain intérêt qui fait qu'on va jusqu'au bout. Arsène Houssaye, disait en parlant de lui : « On raille Ponson, moi, je l'admire. Personne mieux que lui ne sait *mettre une histoire sur ses pattes !* »

Le camp des journalistes a planté plus d'une fois sa tente à Bade. Paul de Saint-Victor a souvent ébloui son auditoire par ses antithèses abracadabrantes... Sa conversation, comme son feuilleton, est un feu d'artifice perpétuel. On est charmé, transporté, on n'a pas le temps de se demander ce qu'il veut prouver, on ne sait pas s'il a raison ou s'il a tort. A propos du *Médecin des enfants*, il vous transporte derrière les Pyramides, et la *Grâce de Dieu* lui donne occasion de vanter Teutatès, Ogham ou Mercure. Sa phrase est hérissée de noms propres et de mots techniques.... Il sait tout... Il a tout vu, tout entendu, tout lu, tout composé et il n'en est pas plus fier pour cela... Sans fiel, sans acrimonie,— il dit tout ce qu'il pense avec un style qui lui est personnel... C'est un critique de l'école Ruggieri... Mais ses fusées ont beau monter jusqu'aux derniers nuages de la fantaisie, jamais les baguettes ne sont retombées sur la tête de qui que ce soit... C'est un feu qui brille, mais qui n'incendie pas.

Gustave Claudin corrige, en marchant le long des arbres, les dernières épreuves de son intéressant et érudit *Paris*, et Théodore de Banville, ce

Benvenuto de la rime, s'en va la tête au vent cherchant un mot rimant avec Oudendorp, le célèbre philosophe hollandais pour lequel il compose une ode. Villemot, le plus spirituel des chroniqueurs, cherche les anecdotes du jour et montre ses doigts en corne au maestro Offenbach, l'homme du mauvais œil, qui s'en va, se heurtant à toute chaise et à tout arbre en fredonnant la chanson de Fortunio.

Paulin Limaynac cause avec Grandguillot dont la tête de Christ semble détachée du mouchoir de sainte Véronique.

Roqueplan, le plus habile des directeurs, — Cham, le crayon le plus satirique de l'époque et des temps anciens depuis Noé, se disputent sur l'origine du maillot, tandis que Victorien Sardou, se promène à l'écart avec sa charmante femme, en lui expliquant les mystères du spiritisme.

Desnoyers de Biéville qui l'aperçoit, murmure à l'oreille de Dennery :

— Vous rappelez-vous sa première, en 1853, *la Taverne des étudiants*, quel four à l'Odéon ! on n'a pas pu finir la pièce !

— Ce fut, répond l'auteur de *Marie-Jeanne*, parce qu'il n'était pas encore en rapport avec les esprits.

Théodore Barrière propose à Lambert Thiboust de collaborer à un drame nouveau. Lambert lui demande s'il y aura des couplets. Grande discussion! Enfin, tout s'arrange... Le drame se fera, et au troisième acte Lambert Thiboust y glissera un rondeau sur *la Morgue*, dont il garantit l'effet.

— Je l'ai, dit-il, chanté à deux croque-morts; ils étaient si contents qu'ils m'ont donné leurs cartes, afin d'avoir l'honneur de me *clouer* eux-mêmes!

Quel est ce groupe où l'on rit de si bon cœur? C'est l'aréopage de l'esprit et du talent... En un mot, c'est la Comédie française, qui a transporté son foyer sous les arbres séculaires de Lichtenthall et qui, sous la présidence de deux hommes aimables et spirituels, Dantan, le sculpteur, et Henry de Pène, le gentilhomme du feuilleton, font assaut de bons mots et de fines reparties. Augustine Brohan, la Suzanne rêvée par Beaumarchais et si bien accueillie par Figaro, — Madeleine, sa sœur, la beauté faite femme,—mademoiselle Favart, Delaunay, l'amoureux unique de France,—Samson, le nouveau chevalier de la légion d'honneur, — Monrose, le comique croque-mort, comme l'appelait Lireux... et dont le talent est cependant incontestable. — Geffroy, l'artiste consciencieux et le peintre lauréat, — Got, Regnier, Barré, Lafontaine et sa gentille femme, — mademoiselle Judith, la comédienne spirituelle et lettrée qui a eu dans sa vie d'artiste, une création, Charlotte Corday, qui suffit à établir pour toujours une réputation. Sur cette avenue miraculeuse nous verrons encore toutes les célébrités diplomatiques de l'Europe... Là, c'est la reine de Prusse, si belle, si élégante, plus loin c'est la reine de Hollande, une vraie savante et une véritable artiste. M. de Bismark y vient chercher une trève à ses spéculations de cabinet. Type remarquable, M. de Bismark peut avoir contre ses opinions beaucoup de monde, mais il inspire néanmoins une certaine admiration... C'est un Polignac réussi : seulement plus heureux que le ministre de Charles X, il n'a pas signé les ordonnances.

Madame O'Connell reçoit les compliments du brillant et mystérieux Jacques Reynaud sur sa peinture si virile, si ferme. M. de Mouzay, l'aimable chroniqueur de l'*International*, lui fait un compliment en latin, à propos de son magnifique portrait de Rachel, et le prince Radziwill, le Russe le plus parisien que l'on connaisse, vient mêler sa voix à ce duo d'éloges.

Là-bas, un tout jeune homme esquisse un arbre brisé par l'orage. C'est Gustave Doré, le crayon intarissable, le Salvator Rosa de l'Illustration... Don Quichotte, Rabelais, Perrault, la Bible et mille autres chefs-d'œuvre dont il a splendidement reproduit les types, ne lui suffisent pas. Il rêve, il cherche... et, tout en menant de front la *besogne*, si je puis employer cette expression en matière d'art, de cinquante dessinateurs, il n'est pas content... Il cherche toujours! Laissons-le à sa rêverie et saluons Nadar, le seul Nadar qui ait jamais vécu sur notre globe trop petit pour lui; Nadar le journaliste, Nadar le romancier, Nadar l'auteur dramatique, Nadar le caricaturiste, Nadar le photographe et enfin Nadar, l'aéronaute... Nadar qui vous expliquera son système de *plus lourd que l'air*, qui vous fera monter dans une maison en osier, garnie de comestibles et enlevée par un ballon monstrueux le *Géant*, que je soupçonne d'être *moins lourd que l'air!* Mais ce n'est qu'un soupçon, je suis marin, et la navigation aérienne ne rentre aucunement dans ma spécialité. Quant à Nadar, il est convaincu... Il a beau être traîné pendant deux lieues dans les broussailles, déchirer sa peau en mille endroits, et voir sa courageuse femme à moitié étouffée sous la nacelle bouleversée, rien n'y fait, il croit! Que sa foi le sauve de casse-cou! Voici encore deux promeneurs que nous allions oublier, Maxime de Camps, le poète, et Hetzel, le plus littéraire des éditeurs, l'ex-collaborateur de Nadar, de Bertall et de T. Johannot, à la *Revue comique*, l'ami de Victor Hugo, de G. Sand, l'écrivain apprécié sous le pseudonyme de Stahl.

Enfin, parmi les groupes, fêtés de tous, une académie d'artistes hors ligne comme distinction et comme talent. Charlotte Dreyfus, dont l'orgue fait vibrer les cordes les plus secrètes de l'âme, — Sivori, dont l'archet fait rêver de Paganini, — Madame Szavardi (Whihemine Clauss) qu'une longue maladie avait éloignée du centre de ses glorieux succès et qui revient avec un talent plus merveilleux que jamais, — la comtesse Pepoli (Marietta Alboni) dont la voix a toutes les notes du rossignol, — Adelina Patti, l'étoile du jour, la grâce modeste et rêveuse ; enfin, une réunion de gens de génie ou de talent fait de Bade un séjour divin.

Le monde des eaux à Bade se divise en trois catégories d'autant plus faciles à distinguer les unes des autres que les gens qui forment chacune d'elle mettent un grand soin à se grouper suivant la loi des affinités. A table, à la promenade, au bal, ces groupes divers se coudoient sans se mêler.

C'est d'abord le groupe aristocratique composé de princes allemands, de diplomates, de douairières, de quelques jeunes filles et de nombreuses jeunes femmes dont chacune à son *patito*. L'élément russe domine dans ce petit faubourg Saint-Germain. On se réunit dans un salon qui n'est pas le salon public. On cause, on joue, on aime en petit comité. Le plus souvent on s'ennuie, mais on est « comme il faut! » et, il faut le dire, la population des séjours d'eaux s'est tellement *démocratisée* depuis quelques années, que cet isolement volontaire des baigneurs du grand monde a sa raison d'être et son excuse ailleurs que dans un sentiment de vanité puérile.

Tous vous avez certainement rencontré à Bade, à Allevard, à Dieppe ou à Vichy, un gros homme bien portant, au sourire vague, qui, après vous avoir demandé du feu, ou marché sur le pied, dit : merci! ou pardon! continue ainsi : Monsieur est ici depuis plusieurs jours? monsieur suit un traitement? monsieur voyage pour son plaisir? monsieur est dans les affaires? Non! Ah! monsieur est rentier? artiste, peut-être! Enchanté, monsieur! etc., etc. Si ce jour-là, vous aviez perdu au jeu, vous avez tourné le dos au gros monsieur. Si, au contraire, vous aviez gagné, vous lui avez répondu et la conversation s'est engagée. Il vous a dit qu'il était notaire ou fabricant de soieries, ou marchand de drap ou bijoutier; qu'après avoir, trente ans durant, loyalement amassé sa fortune « dans les affaires! » (toujours les affaires!) il veut jouir un peu de la vie... qu'on n'a dans ce monde que le plaisir qu'on se donne, etc., etc. Que, chaque été, il passe une saison aux eaux avec les siens; sa femme aime la société, les voyages forment ses enfants. Lui-même est un luron, etc., etc. Le soir, vous l'avez retrouvé avec sa compagne et avec ses petits. Il vous a salué de loin : si vous avez eu le malheur d'approcher, il vous a présenté... Rien, a-t-il dit en vous quittant, n'empêche notre liaison d'être durable. Si jamais vous passez à... (le nom de la ville qu'il habite), venez me voir, vous serez bien reçu... Le second jour, ses confidences sont allées plus loin... il vous a fait connaître le chiffre de sa fortune, vous a parlé de ses parents et de ses amis. (Ah! il faut bien dire quelque chose!) Il s'est plaint de l'élévation du prix dans les hôtels; autrefois, tout était meilleur marché; il regrette le temps où il était voyageur de commerce, ou maître clerc : « sa femme veut aller au bal, le dimanche suivant; quelle idée! au bal! ne vaudrait-il pas mieux se coucher de bonne heure et se lever de même! ce serait dix francs de plus et des embarras de moins, mais non! madame veut montrer ses robes, trancher de la grande dame... il faut bien céder! Après tout c'est une bonne femme, économe, fidèle : elle rattrapera, dans son ménage, l'hiver, les dépenses superflues de l'été. » — Je me laisse mener, ajoute-t-il d'un ton résigné et avec le sourire de l'homme supérieur qui prend pitié de toutes les faiblesses.

Ajoutez que ce baigneur prend des douches et

boit de l'eau, parce qu'il est aux eaux et qu'il faut faire comme tout le monde... qu'il dit au départ : J'emporte une provision de santé, et que sa sa femme lui répond : Rien de plus vrai, mon ami, je te trouve rajeuni et ils seront tous de mon avis là-bas : multipliez-les tous par cent, si vous êtes à Allevard, par cinq cents, si vous vous trouvez à Vichy, par mille si vous passez à Bade et vous aurez la seconde des catégories dont il était question tout à l'heure (1).

La troisième est naturellement formée :

Des jeunes gens des deux premières, mais surtout de ceux de la première,

Des artistes,

Des joueurs,

Des touristes garçons,

Des femmes du demi, du tiers et du quart de monde.

A propos de ces dernières, un accès de pruderie excessive a poussé M. Benazet à une réforme inattendue. On a imaginé tout récemment de proscrire toutes les petites dames qui, chaque année, accourent en foule pour les courses. Par petites dames, nous entendons tout ce qui est compris sous les noms de Lorettes, de filles de marbre, de

(1) Le monde des Eaux-Tony.

femmes entretenues, etc., etc. Étrange composition d'actrices des petits théâtres, de célébrités de bals publics, de notairesses ou de baronnes déchues. Population flottante qui vit du hasard. Pauvre aujourd'hui, riche demain... sans souci de l'avenir, sans regrets du passé... C'est une caste curieuse à étudier, et nous ne comprenons pas, pour notre part, le singulier puritanisme qui fit chasser toutes ces joyeuses pécheresses des salons si hospitaliers d'ordinaire du palais de la Conversation. Quel a été le but de cet ostracisme rigoureux, nous l'ignorons, mais nous persistons à dire que l'absence de ces dames est regrettable à tous les points de vue. Il me semble que, s'il y a un endroit au monde où l'on ne doive pas faire de la pruderie, c'est bien dans une ville de jeux de hasard; de la moralité, dans le temple même de l'immoralité! quel lapsus! M. Prudhomme nous répondra « que cette prohibition d'une partie du sexe qui oublie trop que les mœurs sont la sauvegarde de la société, » a été faite afin de ne pas blesser les yeux ou la susceptibilité des femmes du grand monde. » — Tout en restant dans les limites du profond respect que nous devons à M. Prudhomme, nous nous permettrons de lui dire qu'il est dans une profonde erreur. D'abord, siles femmes du monde avaient une susceptibilité si chatouilleuse, elles n'oseraient plus se montrer nulle part. En effet, aux spectacles, aux courses, au bois, qui voient-elles dans les plus beaux équipages? qui coudoient-elles à chaque instant dans les promenades et dans les concerts? Toujours les petites dames en question! Et, je suis sûr, moi... dussé-je faire rougir le vertueux professeur d'écriture dont nous parlions tout à l'heure, que les femmes du monde, j'entends du vrai monde et mets de côté les épicières retirées et les pharmaciennes enrichies, ne sont nullement choquées de ce contact muet et passager. Loin de là : si elles voulaient être franches, elles conviendraient que, ne plus voir ces dames ou ces demoiselles dans les endroits publics, serait pour elles une grande privation.

En effet, n'est-ce pas leur ôter un grand plaisir, et enlever un aliment à leur curiosité naïve ou feinte? Croyez-vous que la jeune marquise de T... qui a vingt-cinq ans et que son mari trompe pour une danseuse de trente-huit, n'est pas bien aise de pouvoir se dire en entrant chez elle et en lissant ses beaux cheveux devant son miroir: « Je suis pourtant plus belle que Bouche d'or, Violette, ou toute autre! » Mais ceci est l'exception, et nous sommes contraints d'avouer que les petites dames sont généralement plus belles que les femmes de la société! On le constate avec un profond dépit; mais on est obligé de se rendre à l'évidence, et cette perpétuelle comparaison amuse et pique l'amour-propre d'un aiguillon qui ne manque pas de charmes. — Sur vingt maris, dix-huit au moins, adressent toujours le reproche suivant à leurs femmes :

« Allons, ma chère amie, cessez un moment de lorgner ainsi ces femmes-là! vous vous faites remarquer... c'est inconvenant! fille en diable (*sic*). »

Et cependant, aux courses, au bois, au théâtre, les femmes laissent gronder le mari et continuent à dévorer du regard ces petites bêtes curieuses dont la vue fournit mille suppositions bizarres et mille réflexions, quelquefois bien singulières à leur imagination chercheuse.

Priver Bade de ses pécheresses, c'est lui enlever 50 p. c. Les grandes dames n'en conviennent pas; mais leur privation n'en est pas moins réelle. Ces demoiselles sont pour elles, un objet d'étude, de causerie, et leurs toilettes, un sujet perpétuel de discussion. C'est qu'elles s'habillent merveilleusement et que plus d'une duchesse a puisé des idées nouvelles en regardant passer telle robe, tel manteau, tel chapeau ou tel attelage, appartenant au demi-monde.

Puisque nous sommes sur le chapitre des

toilettes tapageuses, ajoutons que nos grandes dames, n'ont aujourd'hui rien à envier aux petites, sous le rapport de l'extravagance et de l'excentricité! Nous nous trouvions, tout récemment en France, dans un bain de mer très fréquenté, et là, nous avons vu que les femmes du monde pouvaient hardiment rendre des points aux filles de marbre les plus renommées. Les unes se promenaient, en plein jour, en costumes de bergères... Les autres, chaussées de bottes à la Souvarow, tenaient à la main d'énormes cannes, comme en portait M. de Sottenville, de noble mémoire. Poudrées d'or ou d'argent, le nez au vent et le mollet audacieusement tendu, j'avoue que j'ai trouvé beaucoup de ces dames du grand et du meilleur monde, beaucoup plus... (comment dirais-je, pour ne pas trop offenser leur dignité)! beaucoup plus *folichonnes* que mademoiselle Y... du Palais Royal ou que madame X... de l'Eldorado.

A Bade, sans ces demoiselles, que vont devenir les conversations? Quand les jeunes baronnes, vicomtesses, marquises ou duchesses, auront usé le chapitre des modes, quand elles auront parlé du ballet nouveau et de la Société de Saint-Vincent de Paul... Elles s'arrêteront toutes décontenancées. C'est qu'il leur manquera l'élément inépuisable des causeries... la chronique scandaleuse, le dessert de toute conversation bien menée. Eh! quoi, ne pouvoir plus parler des bals de la petite Z, des aventures galantes de la grande Y..... et des dépenses fabuleuses de la grosse X...! Triste, triste, triste! Comment ne plus pouvoir lorgner la Panthère, cette reine de Mabille, qui a mis lord Spoken sur la paille et pour laquelle le pauvre petit chevalier de Raymondal s'est brûlé la cervelle! Ne plus pouvoir dire, en rentrant, à son mari... — « Crois-tu, Ernest, que Castagnette vide mieux un verre de champagne que moi et que la *bravunavé savusavanave pavarlave mavieux qu'ave mavir lave javavavanavais?* »

Avouez que ceux qui président aux destinées de Bade ont eu le plus grand tort de priver les femmes du monde de leur spectacle favori, de leurs modèles, de leurs types, de leurs rivales, de leurs émules... en fait de toilette bien entendu (1)!

Telle était Bade quand Magarthy descendit de sa voiture à grelots à la porte de l'hôtel *Victoria*.

(1) Nous rappelons à nos lecteurs que c'est un marin qui parle et que nous lui laissons toute la responsabilité de ses réflexions. (*Note de l'auteur.*)

IV

LE PRINCE D'ARMAGNE.

Après avoir demandé le *Badeblatt*, Magarthy s'installa, avec ses filles, dans un appartement confortable de l'excellent hôtel *Victoria*. A table d'hôte, elle lia connaissance avec plusieurs familles qui étaient venues passer la belle saison à Bade. Cette société, qui appartenait à la seconde et à la troisième catégorie dont nous avons parlé, était bien un peu mélangée... mais elle avait des apparences honnêtes et, cette fois, il n'y avait rien à dire... Ce monde, sans être le grand monde était très convenable. La riche veuve y fut parfaitement accueillie et ses filles se trouvèrent bientôt à leur aise, au milieu de jeunes et aimables compagnes, sans prétention, comme sans orgueil! C'était un milieu bourgeois, dans toute l'acception du mot, mais un milieu riche et honorable. Un ancien agent de change, un colonel en retraite, de gros commerçants retirés, une artiste estimée et presque célèbre, avec ses filles... Telles étaient à peu près les positions sociales des familles, dans lesquelles Magarthy se faufila. Certes, les femmes de ce monde ne frayaient pas avec les aristocratiques étrangères ou même avec les dames du club russe. Elles n'étaient point non plus invitées dans les bals particuliers donnés souvent dans les salons de M. Bénazet, par quelques membres de la haute fashion masculine ou féminine; mais les trois quarts des gens allant à Bade et des plus comme il faut en sont là! Bref, sans être éclatante, la position de madame de Talin demeura acceptable. Elle fut prise, cette fois, pour ce qu'elle se donnait. Elle s'excusait de ne pas connaître beaucoup de monde et de ne s'être créé que peu de relations à Paris, sur l'état de sa santé qui avait été si longtemps déplorable, sur les soins qu'elle avait eu à donner à l'éducation de ses filles; et son entourage était convaincu. Magarthy avait su capter la confiance et même le respect de sa nouvelle société par des actes de bienfaisance adroitement échelonnés. Elle n'eût pas donné cinq centimes à un pauvre, mourant de faim, dans une rue déserte; mais dans une quête organisée en faveur de je ne sais quelle misère à la mode, elle avait gracieusement offert 500 francs. Cela s'était répandu, grâce à Simon, s'était même imprimé sous des initiales diaphanes et deux ou trois autres aumônes bien combinées l'avaient rendue la bonne et charitable madame de Talin.

Cependant, les épouseurs ne se présentaient pas ou, du moins, elle ne jugeait personne digne d'être accueilli favorablement, malgré ses études journalières dans le Badeblatt. Son ambition était grande: elle voulait un gendre noble et millionnaire. Le hasard la mit à même de bâtir les châteaux en Espagne les plus merveilleux, voici comment.

Dans une cavalcade organisée en vue d'une excursion au vieux château, le cheval de Mézélie s'emporta tout d'un coup et la pauvre enfant, saisie par une frayeur subite ne put le maîtriser... Le cheval partit comme une flèche, menaçant de tout briser sur son passage. Magarthy impuissante à la secourir s'arrachait les cheveux de désespoir; Miany s'était évanouie et nul ne pouvait songer à atteindre l'animal, rendu furieux, qui traversait l'espace comme un éclair. Mézélie, à moitié morte de peur, ne pouvait plus se maintenir en selle que par des efforts désespérés... Une catastrophe était imminente... quand, tout à coup, un cavalier qui venait en sens inverse de la cavalcade, aperçut la jeune fille et sa monture qui s'avançaient vers lui avec la rapidité de la foudre. Il comprit tout et, léger comme un écuyer de Franconi, s'élança en bas de son cheval, au moment où celui de Mézélie allait passer devant lui; alors, s'attachant à la bride de l'animal, il parvint à lui saisir les naseaux et à l'arrêter court. Il était temps, Mézélie avait abandonné la crinière, à laquelle elle s'était cramponnée par un mouvement instinctif et l'inconnu la reçut dans ses bras... Elle venait de perdre connaissance.

Calme comme s'il se fût agi d'une chose toute naturelle, le jeune homme déposa Mézélie sur un tertre verdoyant, lui appuya la tête contre un arbre et sifflant son groom, pour lui confier les deux chevaux, il s'agenouilla devant la jeune fille et lui fit respirer des sels.

En ce moment, toute la cavalcade arrivait; Magarthy se jeta comme une folle sur Mézélie qui rouvrait les yeux et dont le premier sourire fut pour l'inconnu :

— Vous m'avez sauvé la vie, monsieur.

— Mademoiselle, le hasard est pour beaucoup dans tout cela... Mais voilà madame votre mère qui achèvera ce que j'ai si heureusement commencé. Votre cheval était horriblement sellé et harnaché... Mon groom l'a mis en état et vous pouvez maintenant le monter sans crainte...

Et sans attendre les remercîments de Magarthy, qui muette de bonheur tournait vers lui des regards pleins de reconnaissance... il s'élança sur son cheval et, après un salut circulaire qui commençait et finissait à Mézélie, il disparut bientôt dans la direction de la ville.

— Et je ne sais même pas le nom du sauveur de ma fille!

— C'est le prince d'Armagne, madame, lui répondit l'ancien agent de change, et si vous voulez me donner une place dans votre voiture et permettre à vos charmantes filles d'aller tenir compagnie à ma Clémence, je vous raconterai l'histoire de ce gentilhomme dont la réputation est européenne.

La curiosité de Magarthy était excitée au plus haut point et, comme Mézélie était hors de danger, la proposition fut acceptée. Les trois jeunes filles remplacèrent l'agent de change dans sa calèche... Magarthy s'était opposée à ce que Mézélie remontât sur l'horrible bête qui avait failli la tuer! La cavalcade reprit sa route au pas et l'historien du prince d'Armagne commença ainsi...

« Le prince d'Armagne est issu d'une des plus

nobles familles de France. Cette famille tire son nom du vieux châteaux d'Armagne, dans la Franche-Comté, et elle remonte au onzième siècle. Elle a fourni plusieurs personnages éminents... princes, ducs, maréchaux et pairs de France. Le prince tient aux plus anciennes familles de l'Allemagne, du côté de sa mère. Sa fortune qui était immense a été quelque peu réduite par ses prodigalités de tous genres; mais il peut encore tenir son rang parmi les millionnaires de l'époque. C'est du reste, le véritable type de la gentilhommerie. Elevé parmi les fils de rois et admis, dès son jeune âge, dans ce monde à part qu'on appelle le faubourg Saint-Germain, il a, de bonne heure, su se distinguer de tous les jeunes gens de sa caste, par une certaine dose d'originalité et par une tournure d'esprit qui lui est propre. Maître, à vingt-cinq ans, d'une fortune considérable, il s'est livré de bonne heure à toutes les fantaisies. Sans copier personne, il laissa bientôt derrière lui toutes les réputations consacrées. Le comte d'Orsay, lord Seymour, Brummel, ces types de l'élégance, du faste et de l'excentricité, ne sont que des nains auprès du prince d'Armagne. Il a les plus beaux chevaux du monde, et le nombre des victoires qu'il a remportées dans les steeple-chases, dans les courses de tous les pays, est incalculable! Sa meute est la mieux composée de toutes les meutes connues. Passionné pour la chasse et pour les chevaux, il a pris rang parmi les premiers sportmen de l'Europe. Nul, mieux que lui, ne peut décider de la race d'un cheval... son coup d'œil est infaillible, il possède la généalogie de la gent hippique, aussi bien que M. d'Hozier celle des grandes familles.

« Au physique, c'est un beau cavalier, dans toute l'acception du mot. Grand et élancé, il est plutôt blond que brun, sa figure, à vingt-huit ans, n'est ni usée, ni blafarde, comme il arrive à la plupart des jeunes roués de notre époque. Il a traversé toutes les étapes de la vie la plus large, sans y laisser un seul lambeau de sa force ou de sa santé ! Les excès ont passé sur son front, sans le rider et ses yeux limpides et brillants ne gardent jamais les traces des orgies passées. Sans être le moins du monde guindé dans ses manières, il n'a pas, non plus, ce laisser-aller nonchalant de beaucoup de jeunes gens de l'époque. Il est droit et ferme comme un jeune chêne des anciennes forêts royales. Sa figure encadrée dans de légers favoris chatains et sa lèvre surmontée d'une fine moustache lui donnent l'air d'un dandy. Bref, rien qu'à le voir, on sait qu'on est en face d'une nature supérieure par la noblesse et par l'éducation.

« L'expression de sa physionomie est généralement douce, quoique de temps en temps, une légère teinte d'ironie lui imprime un cachet spirituel. — Il a tout du gentilhomme, rien du gandin, — ce type nouveau et bâtard, inventé par les fils de portier parvenus pour donner le change aux bourgeois stupides des quatre parties du monde. Son costume est un miracle de bon goût et de simplicité. Rien de voyant, rien de commun. Dusautoy s'extasie devant la coupe de ses habits et tous ses amis lui demandent l'adresse de son tailleur. Chaussé sans prétention, son pied élégant donne à sa bottine le pli le plus favorable. Ses mains, chef-d'œuvre de modelé, ont la finesse de celles d'une femme, tout en faisant pressentir une force musculaire peu commune. A vingt-huit ans, le prince a beaucoup vécu... membre de tous les clubs, à la tête de toutes les folies, joueur imperturbable, le prince d'Armagne a mené à Paris, pendant cinq ans, l'existence la plus accidentée. Il a eu des maîtresses dans tous les rangs de la société. Pendant un hiver entier il s'est compromis avec une actrice du Palais-Royal qu'il avait couverte de diamants. Il a fondé pour doter quelques jeunes grisettes de bonne tournure, dix magasins de gants et au moins autant de modes! — Il est sceptique, non par nature, mais par habitude... car le fond de son cœur est excellent et plus d'un bienfait caché est venu établir un contre-poids, aux yeux de sa conscience, à ses péchés trop connus. Brave comme l'épée de ses pères, il s'est battu souvent en duel, et s'il n'a jamais tué personne, au moins n'a-t-il jamais reçu une égratignure. Il est docteur en toute spécialité d'adresse et de force. Il peut donner des leçons de fleuret à Grisier et Lepage encadre ses cartons. Un jour, sur le boulevard, il se trouva vis-à-vis d'un mauvais plaisant, espèce d'hercule; qui s'amusa deux fois à lui barrer le passage. Le prince, sans se fâcher, le prit par la ceinture et le porta à bras tendus jusqu'à une voiture découverte qui stationnait devant Tortoni, le déposa délicatement sur les coussins et s'éloigna sans dire un mot. Il jette l'argent sans compter et on ne l'a jamais vu recevoir la monnaie d'un louis. Volontiers eût-il fait comme Louis XVIII éclairant avec un billet de mille francs allumé à la bougie d'une table de jeu, Louis-Philippe d'Orléans qui cherchait un louis tombé sur le tapis. Il a horreur de tout ce qui est mesquin et petit! — Mais cette vie de *lion* lui sembla monotone et vulgaire et un beau jour il disparut du boulevard, des clubs et du faubourg Saint-Germain et s'engagea sous les ordres du général de Lamoricière, dans les gardes pontificales. Son éducation et les relations de toute sa vie ne lui permettaient pas de servir le gouvernement français ; il accepta le grade de lieutenant et, semblable à M. de la Rochejaquelein qui, *pour occuper ses loisirs*, était allé combattre les Turcs en 1828, le prince d'Armagne alla, au moins d'avril 1860, combattre la révolution romaine qu'il assimilait à l'islamisme. A Castelfidardo, il fit des prodiges de valeur, fut blessé de plusieurs coups de feu et après la capitulation d'Ancône, il donna sa démission et commença à parcourir le monde en touriste. Son âme avait besoin d'occupation. Ce n'est pas un être vulgaire que le prince d'Armagne. Il n'a connu de la vie que les dehors et les surfaces... il s'est pris, tout d'un coup, d'une belle passion pour les études de mœurs. Il a parcouru successivement l'Italie, l'Espagne, l'Angleterre, et comme lord Byron, il a laissé partout sur son passage des témoignages de ses largesses et, il faut le dire aussi, de ses folies.

« Le prince d'Armagne est revenu en France depuis deux mois, et il a bien vite repris son influence dans les clubs aristocratiques de Paris. Il est ici pour les courses et chacun s'attend à ce que la saison ne se passe pas sans que le *Prince charmant*, c'est ainsi que l'ont baptisé les dames du club russe, ne fasse parler de lui d'une manière ou d'une autre. »

Ainsi parla l'ex-agent de change et Magarthy ne perdit pas un mot de sa narration, une idée nouvelle venait de surgir dans son cerveau si fécond en inventions étranges, et cette idée prit bientôt un corps dans son esprit. Elle resta absorbée dans ses réflexions pendant tout le reste de la promenade et, le soir, en rentrant à l'hôtel Victoria, elle serra convulsivement Mézélie dans ses bras et se coucha en murmurant :

— Quelle jolie princesse cela ferait!

V

AMOUR ET INTRIGUE

Le vieil agent de change ne s'était pas écarté de la vérité en esquissant le portrait du prince d'Armagne; mais, en homme d'argent qu'il était, il n'avait envisagé que le côté matériel, c'est à dire, qu'il n'avait fait ressortir que la fortune du prince et ses qualités de bravoure et de générosité. Mais il y avait deux hommes dans le prince charmant, le beau joueur, le danseur infatigable, le sportman et le tireur de la meilleure école. Il pouvait rivaliser avec tous les membres du Jockey-Club. Par désœuvrement, par entraînement, il se laissait aller volontiers, à toutes les excentricités, et dans son monde, il était bien réellement le roi des dandys.

Mais, seul avec lui-même, loin des yeux d'un public avide de recueillir le moindre de ses gestes ou de ses mots, il changeait du tout au tout. Nature exubérante, il avait besoin de l'aiguillon d'une société folle pour user la vigueur de son esprit et de son tempérament... Alors, il ne négligeait aucune occasion de prendre part à toutes les extravagances. Eût-il fallu franchir le Batter ou le Schlossberg, cette montagne qui domine la ville de Bade, il n'eût pas hésité une minute.

Dans la solitude, il n'en était plus de même. Il recherchait les lieux arides et, nouveau Manfred, il allait promener ses rêveries dans les endroits les plus déserts. Gai, railleur et plein de désinvolture, il faisait les délices de la Maison de conversation. Personne ne conduisait mieux que lui un cotillon dans le *salon des fleurs*, cette délicieuse salle de danse, décorée par Cicéri et Séchan. Il semait partout l'esprit et la gaîté, dans le salon Louis XIV, comme dans le salon Louis XV, ces deux merveilles de la Maison de conversation! — A la Trinkhall, au nouveau château et au théâtre, il apparaissait toujours entouré d'une véritable cour de membres du Club, empressés à recueillir les épaves de sa verve intarissable. Au théâtre, on attendait qu'il eût battu des mains pour applaudir, et au foyer, il y avait cercle compact autour du petit groupe dont il était le centre. Là, on parlait théâtre, musique, ballet; car de quoi parler dans ce beau foyer où trônent Beethoven, Mozart, Rossini et Auber? Le prince décidait, tranchait, et comme ses décisions étaient toujours neuves et originales, chacun était bientôt de son avis. Bref, les hommes et les femmes l'admiraient à l'envie.

Cependant tous ces succès, toutes ses admirations, ne suffisaient pas au prince d'Armagne, et voilà pourquoi, dès sept heures du matin, vous eussiez pu le voir, suivi d'un seul domestique, chevauchant rêveur dans la belle vallée de l'Oosbach, laissant son cheval traverser la vaste plaine couverte d'épaisses forêts et de riches cultures... Où bien, dans une autre direction, au delà du Stephanienbad, par exemple, on l'eut aperçu encore, sentimentalement arrêté devant le bloc de rochers, entouré d'arbustes, sur lequel est écrit :

« Au poète immortel, Frédérick Schiller! »

Tantôt dépassant le couvent des nonnes cisterciennes et laissant Rodolphe le Long dormir avec son armure sur son lit de parade en pierres, il mettait pied à terre et gravissait la montagne de Sainte-Cécile et jouissait, en rêvant, des admirables points de vue de Bade, des vallées du Rhin, de Beuven et de Geroldsau. Puis, s'enfonçant dans la forêt, il atteignait péniblement Yburg.

Quiconque l'eût vu, solitaire et pensif ne l'eût certainement pas reconnu... Assis sur le coin d'un rocher, ou appuyé contre le tronc déraciné d'un sapin, le prince restait quelquefois une heure, le front dans sa main et plongé dans des réflexions pénibles sans doute, car souvent une larme furtive s'échappait de ses yeux. Alors, secouant la tête, il remontait à cheval, faisait un temps de galop et rejoignait la bande joyeuse qui l'accueillait toujours à bras ouverts.

Y avait-il donc un mystère dans la vie de ce jeune homme, à qui le sort semblait avoir tout donné, nom, force, intelligence et fortune? Mon Dieu, le prince souffrait de cette maladie inconnue qui atteint toujours l'homme ou la femme à un moment donné. Le prince d'Armagne avait, jusqu'à présent, plutôt gaspillé sa vie qu'il n'avait réellement vécu. Il vient un moment dans l'existence, surtout vers vingt-huit et trente ans, où l'homme intelligent se demande si le but de la vie est bien réellement de faire courir des chevaux, d'avoir des maîtresses à prix d'or, et de risquer sa vie dans des duels insensés à propos de la main ou du pied d'une diva quelconque.

Le prince d'Armagne en était arrivé à cette époque solennelle où la réflexion remplace l'entraînement. Sans être blasé, il était fatigué de la vie inutile qu'il menait depuis si longtemps. Certes, il avait beaucoup d'amis, de braves et loyaux amis; il était jeune, il était beau, il était riche et cependant, il n'était pas heureux. Il lui manquait quelque chose, son âme était incomplète. Il sentait le besoin de se créer des devoirs. En un mot, il rêvait le mariage, mais non pas le mariage conventionnel du vulgaire; il n'aurait pas voulu épouser une dot et un nom seulement. — Il rêvait le bonheur dans le mariage. — C'est à dire, cette affection réciproque qui cimente l'union de deux êtres sur la terre. Il n'avait pas non plus de ces illusions romanesques qui sont comprises sous cette rubrique si connue : *Une chaumière et son cœur!* Non; il voulait une femme digne de lui par le nom et par la fortune! Mais il voulait aussi quelque chose de plus difficile encore... Il voulait aimer sa femme et être aimé d'elle! — Dans le monde qu'il voyait tous les jours, il n'avait pas encore aperçu l'idéal cherché : il pouvait compter par douzaines, les petites baronnes, les petites comtesses, qui eussent accueilli ses hommages avec joie...

Mais aucune ne lui paraissait mériter un sérieux attachement. Toutes les jeunes filles de son monde auraient volontiers consenti à devenir princesse d'Armagne, parce que ce nom était le synonyme d'élégance et d'aristocratie. Il aurait trouvé vingt femmes et n'aurait peut-être pas rencontré une compagne telle qu'il la souhaitait.

Il regardait le mariage comme un engagement sacré et non comme une affaire. Il voulait de l'amour. Après avoir goûté à toutes les voluptés trompeuses qui ne laissent après elles que dégoût ou désillusions, il sentait le besoin de retremper son cœur dans une affection sainte et durable. Il n'eût pas, pour un cheval pur sang, avoué ce qui se passait dans son âme à ses amis du club, il redoutait les railleries de ces froids viveurs qui affichent le dédain le plus superbe pour les choses du cœur et qui croiraient manquer aux traditions de leur franc-maçonnerie en admettant l'amour vrai dans le code de leur fashion.

Pour ces désillusionnés en herbes, l'amour n'existe que dans les vaudevilles de M. Scribe ou dans les romans d'Auguste Lafontaine. La femme, pour eux, n'est qu'un accessoire agréable et utile qu'il faut tôt ou tard acquérir pour meubler son salon et perpétuer le noble nom de ses ancêtres. Le mariage n'est qu'une formalité qui ne doit en rien changer l'existence du véritable gentilhomme. Tels étaient, tels sont et seront longtemps encore les principes de nos jeunes hommes à la mode. Ont-ils tort? Ce n'est pas à nous de discuter leur opinion. D'un autre côté, la plupart des jeunes filles de cette société, qu'on appelle la bonne, ne voient guère non plus dans le mariage qu'une occasion de changer la retenue qui leur est imposée contre une liberté relative. Sur dix jeunes filles, neuf se marient, les unes pour devenir indépendantes, les autres pour faire enrager leurs amies et le plus grand nombre pour porter des diamants, des plumes et des robes de velours. L'amour n'entre pour rien dans ces combinaisons, et il n'y a guère plus que les filles d'épiciers qui se permettent d'aimer leurs maris. Le prince d'Armagne ne pensait pas ainsi. Il croyait qu'il n'était ni ridicule, ni impossible et encore moins de mauvais goût d'aimer tendrement et d'être tendrement aimé dans le mariage. Mais où trouver le cœur qui devait comprendre le sien? Il avait souvent sondé le terrain et il avait toujours rencontré des natures frivoles, vaniteuses, exigeantes. Aussi, se gardait-il bien de laisser transpirer ce qui se passait en lui. Dans le monde, il s'appliquait à paraître plus fou et plus sceptique que quiconque. Nul n'aurait pu soupçonner que sous son vernis d'indifférence et de légèreté, le faux don Juan cachait des trésors de tendresse naïve et qu'au sortir du bal, des courses ou du jeu, le prince charmant avait des songes mythologiques où Philémon et Baucis occupaient une large place. Il lisait beaucoup, et, dans sa pensée, il s'amusait souvent à refaire un roman à son idée avec les héros de ses auteurs préférés. Sans respect pour les romanciers, il mêlait les personnages de l'un avec les personnages de l'autre, mariant sans façon la Mathilde d'Eugène Sue au Stephen d'Alph. Karr; — Son cœur débordait d'amour, et semblable à Antony, l'enfant trouvé, qui tendait les bras à chaque femme en criant : « Êtes-vous ma mère? » il regardait passer toutes les jolies filles du noble faubourg et avait des désirs insensés de leur demander à chacune : « Êtes-vous la femme que je cherche? » — Sa rencontre avec Mézélie l'avait profondément troublé. Lorsque les beaux yeux de la fille de Magarthy s'étaient fixés sur les siens, pleins de reconnaissance, il s'était senti remuer comme il ne l'avait jamais été. Une étincelle magnétique l'avait touché...

« Comme si le soleil eût passé dans son cœur. »

Cette émotion qu'il sut parfaitement dissimuler, grâce à l'empire sur soi-même que donne l'habitude du monde, ne laissa pas que de le frapper. Tout le reste du jour, il fut inquiet, distrait, et pour la première fois de sa vie il commit sottise sur sottise à son cercle. Il tenait le jeu à l'écarté, et comme son adversaire lui demandait s'il donnait des cartes, il lui répondit : — « Avec plaisir, mademoiselle! » et écarta bravement ses deux seuls atouts. Il perdit vingt louis sur le coup et passa dans la salle de billard où il s'obstina à jouer avec la rouge.

— Ah çà! qu'avez-vous donc, cher prince, lui dit un de ses intimes, vous êtes bien distrait, ce soir? Seriez-vous amoureux?

Le prince le regarda fixement sans lui répondre, et tirant sa montre, il s'aperçut qu'elle s'était arrêtée — l'heure qu'elle marquait était celle où il avait sauvé Mézélie.

— Est-ce un présage? se demanda-t-il; et il rentra chez lui tout soucieux. Il ne put dormir de la nuit, l'image de Mézélie le poursuivit jusqu'au jour, et dès que l'heure le lui permit, il se dirigea vers l'hôtel Victoria. Magarthy était dans le jardin avec ses filles et quelques voisines... Le prince s'approcha et, après les compliments d'usage, il s'informa de la santé de Mézélie. Magarthy était radieuse de cette visite. Aussi environna-t-elle le jeune homme de prévenances et de politesses. On causa longtemps.

Quoique Mézélie parlât peu, le prince trouva tout ce qu'elle disait charmant. Il demanda et obtint la permission de revenir et s'éloigna enchanté. Il vint ainsi tous les jours et une certaine intimité s'établit entre lui et ces dames. Magarthy ne laissa pas échapper l'occasion de parler de ses millions et de ses parents de l'île Bourbon. Tous les jours, l'amour faisait des progrès dans le cœur du prince, et Mézélie elle-même était inquiète quand l'heure habituelle de sa visite était passée. On arriva à la veille des courses et le prince offrit de les y conduire.

— Si vous le permettez, madame, dit-il à Magarthy, j'amènerai pour mademoiselle un petit cheval que j'ai dressé moi-même et qui est doux comme un agneau. Cette fois je réponds qu'il n'arrivera aucun accident.

— J'y consens volontiers, répondit Magarthy, mais à condition que vous vous tiendrez près de ma fille pendant tout le trajet. J'ai toujours peur pour elle depuis ce fatal jour, où sans vous, elle serait peut-être morte. Nous autres, ajouta-t-elle, en montrant ses deux filles, nous vous suivrons en calèche avec mon oncle et ma tante, si toutefois ils veulent bien nous accompagner.

Les deux compères ayant acquiescé à la proposition, tout fut arrêté pour le lendemain. Tandis que ces dames préparaient leur toilette, le prince réfléchissait à sa situation.

— C'est fini, se disait-il en mâchonnant un régalia, je suis pris! je suis bien pris! c'est qu'elle est charmante! Et puis quelle candeur! quelle naïveté! comme ses beaux yeux se lèvent franchement vers vous lorsqu'on lui parle! je l'aime; m'aimera-t-elle? Voilà la question. Cette union n'aurait, après tout, rien de choquant. Sans être d'une naissance exceptionnelle, la mère est évidemment de bonne maison... Elle est fort riche, dit-on, donc de tous les points ce mariage serait très avouable.

Le prince continua sur le même motif un monologue plein de charmes pour lui; mais que le lecteur qui n'est pas amoureux nous permettra sans peine de lui épargner.

Le lendemain, fidèle à sa parole, le prince se rendit à l'hôtel Victoria. Il était monté sur un délicieux cheval bai-brun et son domestique tenait en main une adorable petite jument d'origine arabe, noire comme une corneille et marquant deux ans à peine. Sa longue queue soyeuse et souple balayait presque les cailloux du chemin. Les yeux doux et caressants de l'intelligent animal annonçaient le meilleur caractère du monde. C'était la monture destinée à Mézélie : celle-ci ne put retenir un cri de joie en voyant la jolie petite bête. Ces dames attendaient leur cavalier dans la petite rotonde dont nous avons déjà parlé. L'oncle et la tante étaient superbes. L'officier de la légion d'honneur avait arboré une rosette que le prince prit d'abord pour une pivoine, tellement elle était large et compliquée. Madame du Tilleul avait accumulé sur son chef tous les trésors de la flore artificielle... Epis, coquelicots, roses thé et marguerites, se croisaient agréablement sur sa tête vénérable. Sans être ridicule (Magarthy ne l'eût point souffert), sa coiffure était prétentieuse en diable (1); et, depuis, le prince d'Armagne avouait qu'il avait eu beaucoup de peine à garder son sérieux devant cette caricature du printemps! Heureusement pour son sang-froid que Mézélie était là et absorbait toute son attention... Rien de plus simple que la toilette de la jeune fille! Sa taille, mignonne sans être maigre, était emprisonnée dans une délicieuse amazone de nankin, qui laissait deviner des charmes naissants, comme sous l'enveloppe du bouton de rose, on devine la fleur charmante qui va bientôt s'épanouir dans toute la splendeur de sa force et de sa luxuriante beauté. Un col droit

(1) C'est toujours le marin qui parle.

(Note de l'auteur.)

retenu par une petite cravate de même couleur que la robe et fermée par une épingle contenant une photographie microscopique de Magarthy, entourait son cou blanc comme celui d'un cygne. Le cou était peut-être un peu long pour un ignorant, mais il eût ravi d'aise Raphael, Phidias ou Michel-Ange. C'était bien là le cou de la beauté typique des anciens. Vénus, Cybèle, Junon, Cérès et Minerve, n'avaient pas les attaches plus fines et plus déliées. Sa tête au front un peu bas comme celui de Diane, reposait admirablement sur ce piédestal d'albâtre. Son bras étroitement serré dans sa manche laissait entrevoir sa forme correcte.

Potelé sans être trop rond, on sentait les muscles sous le modelé.

En un mot, Mézélie était une créature charmante, et surtout, contradictoirement à sa mère, admirablement construite. Sa réputation sous le rapport plastique avait été, du reste, consacrée par un mot du célèbre sculpteur Préault, qui se trouvait à Bade en ce moment et qui, interrogé sur son compte, répondit : « Elle est magnifique ! Il n'y a que cette petite ici qui soit *d'ensemble!* » Une casquette de paille retenait ses cheveux et un voile de tulle vert voltigeait au gré du vent sur ses épaules.

On se mit bientôt en route, dans l'ordre suivant : le prince et Mézélie, à cheval et au pas devant la voiture où se tenaient les cinq autres personnages, la tante et l'oncle sur le devant avec la petite Léonie entre eux deux, Magarthy et Miany, sur la banquette du fond. Le soleil était magnifique, et cette petite cavalcade attira tous les regards et donna lieu à une foule de commentaires. Tout Bade connaissait le prince d'Armagne, mais beaucoup ignoraient l'existence de la riche veuve créole, et l'apparition du prince charmant, écuyer cavalcadour d'une jeune fille de dix-sept ans, montée sur un de ses propres chevaux, cette calèche découverte conduite par deux nègres indiscutables et suivie à distance respectueuse par un domestique du prince, — tout cela fit naître mille suppositions... En effet, c'était la première fois que le prince d'Armagne, *s'affichait* ainsi, s'il est permis d'employer une expression, généralement prise en mauvaise part, mais qui, ici, n'avait aucune application fâcheuse pour la réputation de Mézélie. On savait que le prince n'aimait pas à se compromettre, et par conséquent, pour qu'il se montrât ainsi en public avec toute cette famille, et aux côtés de cette jeune personne, il fallait qu'il y eût quelque chose de sérieux sous-jeu. L'opinion publique va vite, mais elle va droit au but généralement, on causa, on se renseigna. La romanesque histoire du cheval emporté et du sauvetage opéré par le prince fut bientôt dans toutes les bouches. Quelques-uns avaient lu dans les journaux les réclames de Simon Lenoir, et il ne fut plus question, toute cette journée, que du prochain mariage du prince d'Armagne avec la fille d'une noble et riche baronne des colonies à laquelle il avait sauvé la vie et qui lui apportait en dot une reconnaissance sans bornes et trois millions comptant.

Quant aux deux héros de toutes ces conversations, ils marchaient côte à côte, devisant comme des amoureux : car, sans s'être déclaré encore, le prince n'avait pu empêcher ses yeux de parler, et Mézélie qui, pour la première fois, sentait son petit cœur battre une mesure qu'elle ne connaissait pas, n'avait pu défendre aux siens de répondre. Ils étaient donc tous deux dans cette phase que j'ai toujours considérée comme la plus heureuse de la vie... cette phase où deux cœurs commencent à palpiter à l'unisson... où l'on ne s'est pas encore dit, l'un à l'autre, « je vous aime ! » mais, où tout à parlé excepté la bouche. Un geste, un regard en disent plus long que cent paroles. Et puis, comme toutes les pensées deviennent subitement communes à l'un et à l'autre! Il semble que l'on vive de la même vie, que l'on pense de la même pensée.

Au spectacle, au concert, partout on cherche instinctivement le regard de *l'autre* et l'on est heureux de voir qu'on a ressenti ensemble la même impression; si l'on cause, on est du même avis sur tout. On a toujours une réponse prête à la question qui vous est faite; car, par un singulier magnétisme de l'esprit on pense presque toujours ensemble aux mêmes choses! On n'a ni défiance ni jalousie. On ne peut croire qu'il existe au monde, pour *l'autre*, un objet qui l'intéresse et qui ne soit pas intéressant pour soi. On vit dans un séjour divin qui n'est pas le ciel; qui n'est cependant pas la terre. Le ciel ou le paradis des amants, c'est la possession, la terre ou l'enfer, c'est la désillusion... et dans la phase dont nous parlons on ne pense à rien de tout cela. On aime, — dans la pure acception du mot... on est heureux de se voir, de se parler... Si les mains se rencontrent par hasard à la dérobée ce rapprochement n'exalte pas les sens... au contraire, dans les moments où l'âme est en pèlerinage sur ce chemin délicieux, toute allusion matérielle nous répugne profondément. On tuerait le meilleur de ses amis qui nous supposerait des intentions antiplatoniques.

Tous les hommes et toutes les femmes, même les plus dissolus et les plus pervers, ont dû passer par là... Et nous sommes certain qu'ils n'oublieront jamais... celle-ci, le premier sonnet que lui glissa timidement Auguste de Z... celle-là, les lucioles qui éclairaient la route dans une course interminable la nuit au bois ou aux *Casines*... cette autre, certain air du *Trovatore* ou de la *Traviata* écoutés *ensemble* cent fois;... celui-ci, la première redowa que la blonde Esther de X... lui copia de sa blanche main... etc., etc. Et dans l'âge des réalités, quand on s'aperçoit qu'il n'y a plus rien à cueillir dans le jardin bouleversé de l'existence, on aime à rappeler à l'aide de son désespoir, de son regret ou de sa rêverie, tous ces petits souvenirs pleins de grâce, de poésie et de pureté. Méprisant le présent, n'espérant rien de l'avenir, le cœur brisé ou endolori, satisfait ou rassasié, on aime de temps en temps à revivre dans le passé et on frémit d'une douce émotion, quand au milieu des débris, des ruines ou même des espérances, on retrouve par-ci par-là, la feuille desséchée d'un bleu myosotis tombée des pages du livre de sa jeunesse.

Le prince d'Armagne et Mézélie traversaient cette phase charmante. Tantôt insoucieux, comme deux échappés du collége, ils prenaient un temps de galop, malgré les cris un peu exagérés de Magarthy, — tantôt rêveurs, ils cheminaient côte à côte, silencieusement et presque tristes! — O joies folles et tristesses sans motif du temps des premières amours! qu'ils sont à plaindre ceux qui ne vous ont jamais connues ou ceux qui ne vous connaissent plus! Sur le bord de la route, une vieille mendiante leur demanda l'aumône... Ils étaient de beaucoup en avant sur la calèche de famille et ils portèrent tous deux la main à leur bourse. Mézélie tenait un florin et le prince un autre... Ils se regardèrent, mus par la même pensée et échangeant leurs pièces de monnaie, le prince tendit à la mendiante le florin de Mézélie, tandis que celle-ci lui donnait le florin du prince.

— Que Dieu vous bénisse, mes beaux jeunes gens! dit la vieille, — vous serez heureux en ménage parce que vous êtes bons!

Mézélie poussa son cheval en avant... elle s'était sentie rougir jusqu'aux tempes et le prince jeta un louis d'or cette fois à la mendiante qui ne s'était jamais trouvée à pareille fête.

Le reste de la promenade s'acheva silencieusement. On était presque arrivé au champ de courses et le prince s'occupa de placer son monde sur la plate-forme qui s'étend devant la belle tribune qui tient à peu près 1,200 personnes. Mais les belles dames préfèrent, en général, s'asseoir en plein air pour ne regagner leurs places dans la tribune qu'en cas d'averse intempestive, chose assez fréquente à Bade, surtout à l'époque des courses. Ce jour-là, le ciel resta serein. La réunion était magnifique. Dans la tribune du grand-duc de Bade, dans celle de la Société d'encouragement, toutes les femmes rivalisaient de luxe et de beauté. Le champ de course d'Iffezlem, très rapproché de la rive droite du Rhin, offre une vaste piste. D'où elles étaient placées, Magarthy et ses filles purent jouir amplement d'un spectacle toujours intéressant. Nous n'avons pas la prétention de vous faire un compte rendu technique des courses de Bade... qui, a vu les courses de Chantilly, celles de La Marche, de Vincennes, du Bois de Boulogne, etc., a vu toutes les courses du monde. Même affluence, mêmes propos, mêmes paris, mêmes excentricités. Le champagne circulait à coupes pleines dans les voitures de l'enceinte. Les quelques petites dames qui étaient parvenues à se glisser dans ce qu'on appelle l'enceinte du pesage, étalaient leurs toilettes éclatantes et lorgnaient les femmes du monde d'un air de profond dédain.

Je ne me rappelle pas le nom de tous les chevaux; mais demandez-le à Léon Gatayes, cet *alter ego* d'Alph. Karr, lequel avait fourni presque tous les bouquets de cette fête hippique, et il vous renseignera mieux que nous à ce sujet. Tout ce que nous pouvons vous dire, c'est que le prince d'Armagne remporta trois victoires éclatantes avec

Cora, *Palanquin* et *Léotard*. En dehors des sommes assez rondes que lui rapportèrent ces trois courses, les membres du Jockey lui firent hommage d'une cravache, chef-d'œuvre de goût et de fine ciselure.

Ces dames avaient pris grand'plaisir à ce spectacle nouveau pour elles, et, après un dîner confortable à la *Restauration des courses*, dans un cabinet particulier, et qui se prolongea un peu tard, on reprit, dans le même ordre, la route de Bade. Seulement, par un sentiment de convenance exquise, le prince et Mézélie se tinrent près de la voiture maternelle. Il commençait à faire nuit et l'on trotta assez rapidement. Arrivé à l'hôtel, le prince aida Mézélie à descendre de cheval, et comme elle lui redemandait sa cravache qu'il lui avait prise des mains pour la faire sauter à terre, il lui offrit celle dont ses amis venaient de lui faire présent.

Mézélie hésitait...

— Je vous en prie, lui dit le prince si bas et d'une voix si émue, qu'elle lui tendit la main par un mouvement irréfléchi, et laissa tomber dans les siennes un petit bouquet de violettes.

— Je n'ai pas de couronne à donner au vainqueur, moi... Je n'ai que mon bouquet... Gardez-le...

Et ils se séparèrent.

VI

AMOUR ET INTRIGUE (SUITE)

Magarthy, comme on le pense bien, avait suivi tout ce petit roman d'un œil connaisseur... Elle avait, du premier abord, deviné l'impression subite que Mézélie avait produite sur le prince d'Armagne ; mais trop rouée pour éclairer à ce sujet l'âme naïve de la jeune fille, elle ne lui fit aucune question et attendit patiemment que le prince se déclarât ouvertement. Elle connaissait trop bien les sentiments de sa fille pour craindre une catastrophe... D'ailleurs, le prince ne voyait Mézélie qu'en sa présence, et s'il pouvait, dans l'intervalle de deux temps de galop, lui parler de son amour, elle savait que, le jour où il se déclarerait formellement, Mézélie serait la première à lui raconter ce qui se serait passé. De plus, elle connaissait son monde, et elle ne se trompait pas sur le compte du prince. Elle le sentait franc, loyal dans toute l'acception de ces mots, et elle attendait, confiante en l'avenir, que le hasard amenât celui-ci à faire une demande en bonne et due forme. Elle redoubla de circonspection. Tous ses amis de Bade cherchaient vainement à la sonder. Elle demeura impénétrable... Chacun remarquait les assiduités du prince charmant, elle seule affectait de ne les considérer que comme un simple devoir de politesse et de courtoisie que le prince s'était imposé envers la famille de celle dont il avait si chevaleresquement sauvé la vie; seulement elle semblait garder Mézélie à vue, et lorsque le prince n'était pas présent, la charmante enfant ne pouvait quitter les jupes de sa mère... Ainsi, lorsque le prince n'avait pas paru dans la journée, et qu'on se rendait le soir, de 7 à 9 heures, aux concerts que donnent, à tour de rôle, la musique militaire de Rastadt, ou l'excellent orchestre des bains, sous le kiosque construit en face du café de la Maison de conversation, Magarthy plaçait Mézélie à sa droite, flanquée de l'inévitable madame du Tilleul et de l'officier de la Légion d'honneur, et faisait asseoir ses deux autres filles à sa gauche. Sans rien laisser présumer de ses espérances, elle s'établit gardienne sévère d'un bien qu'elle croyait déjà placé à de gros intérêts. Elle redoubla de politesses avec son entourage; donna des lots somptueux à une tombola pour les pauvres, et augmenta le chiffre connu de ses aumônes journalières. A force de prudence calculée, elle arriva à persuader à tous que l'union du prince et de Mézélie n'était plus qu'une simple affaire de temps, et partout, sur son passage, elle eut bientôt la joie d'entendre les badauds dire en voyant sa fille :

— Ah! ah! voici la petite princesse!

Seule, Mézélie ne pensait pas à toutes ces choses! Le prince d'Armagne lui plaisait beaucoup, mais elle n'avait point d'idée au delà. Elle était contente de se trouver auprès de lui, parce qu'il était plein d'attentions et de prévenances pour elle... Elle était triste lorsqu'elle ne le voyait pas, heureuse, lorsqu'il apparaissait; mais elle n'avait pas encore songé à interroger son cœur à ce sujet. Elle se laissait aller au charme, sans se demander comment finirait tout cela! Quant au prince, chaque jour augmentait la passion dont son cœur était plein... Deux ou trois fois par semaine, il trouvait un prétexte pour venir passer la journée avec ces dames. Un jour, on arrangeait une partie pour visiter le vieux château, dont la première excursion avait failli être fatale à Mézélie. Une autre fois, armée de lignes, la bande joyeuse allait pêcher le brochet dans le Rhin, et, montée sur un bateau fourni par Alexandre, le brigadier garde-chasse, elle s'amusait à *taquiner* le poisson, pour nous servir de l'expression du malin brigadier, et revenait enchantée de trouver une friture toute pêchée *à la Cor de chasse*, après une excursion de trois ou quatre heures.

L'hôtel de *La Cor de chasse* mérite une mention toute particulière.

Après avoir remonté la jolie vallée de l'Oosbach, on se trouve devant une auberge d'assez belle apparence et qui porte pour enseigne une tête grimaçante, encadrée d'un cor de chasse, fort agréablement sculptée en pierre. Ce médaillon n'est autre chose que le portrait frappant de M. Willibald Ihlé, l'honorable propriétaire de l'hôtel. C'est le singulier barbarisme inscrit sur la porte de la maison : « *A la Cor de chasse,* » qui a donné à l'un de nos sculpteurs les plus spirituels et les plus renommés, l'idée de cette plaisanterie. M. Willibald Ihlé et son sourire grotesque, au milieu de ce cor de chasse, provoque le rire de tous les passants. M. Dantan jeune, il faut bien nommer le coupable, a supérieurement réussi cette bouffonnerie. Il n'a eu qu'un tort, à mon avis, c'est d'inscrire sous ce petit chef-d'œuvre le calembour suivant :

« *A l'Accord de chasse.* »

Voilà comme on gâte les plus belles choses!... *La Cor de chasse* était superbe de naïveté, mais *l'Accord de chasse* a quelque chose de prétentieux qui nous déplaît. Que M. Dantan, jeune, nous pardonne ce léger blâme; il est artiste, il appartient à la critique.—Il a du reste assez de talent et d'esprit pour se venger. — Il pourra faire encore mille caricatures aussi spirituelles et ne plus commettre un jeu de mots aussi peu réussi. Ils visitèrent encore le Grosse-Schwellung, petit lac curieux à voir lors qu'on ouvre les écluses, et dont Amédée Achard a fait une fort jolie description.

Un jour encore, ils parcoururent le Kellersbild, — « Image de Keller. » L'endroit par lui-même n'a rien de remarquable; mais la légende qui se rattache à cette image de Keller est digne d'intéresser les touristes. La voici telle que le prince la raconta à Mézélie et à ses sœurs, un soir, dans une halte, au pied de la croix qui porte le nom de Keller.

— « Il y avait une fois...

Ce commencement ne laissa pas que de faire une certaine impression sur Miany et sur Léonie, qui saisirent chacune une des mains de Mézélie et se serrèrent contre elle.

— « Il y avait une fois un bailli qui demeurait à Koppenheim... C'était un bon gros brave homme qui ne voyait guère plus loin que le bout de son nez, le fourneau de sa pipe, ou le fond de sa cruche de bière. Or le bailli avait une fille spirituelle et jolie, trop jolie même et trop spirituelle, disent les anciens du pays. Le bon bailli avait promis la main de Gretchen, c'était le nom de la jeune personne, à Karl-Steig, jeune brasseur de la plus belle espérance. Gretchen consentit à être la fiancée de Karl-Steig. Ils échangèrent même leurs anneaux et se jurèrent, devant la vierge d'Ébersteimburg, une fidélité éternelle. Karl-Steig dut partir pour aller recueillir un petit héritage que lui avait laissé un de ses oncles à Johannisberg. L'absence devait être d'un mois, et les serments furent renouvelés la veille du départ devant la même statue de la Vierge. Karl fut fidèle; mais, hélas! Gretchen ne sut pas garder sa foi... Un jeune voyageur vint, dès le lendemain, s'installer à Koppenheim. On l'appelait Buskard-Keller. C'était un gentilhomme riche et de bonne mine. Il plut à monsieur le bailli, s'introduisit dans la maison, et, quinze jours après, il était l'amant de Gretchen! La folle fille avait oublié ses serments; bien plus, elle avait donné l'anneau de

Karl à l'étranger. Mais elle se consolait, car il lui avait promis de l'emmener avec lui et de l'épouser dans son pays. Pauvre Gretchen! L'ingrat disparut de Koppenheim, ne laissant à la fille du bailli que ses larmes et son déshonneur. — Elle voulut mourir, et, un soir, après avoir embrassé son père plus tendrement que d'habitude, elle monta rapidement à sa chambre. Le bon bailli, cette fois, eut comme un éclair d'intelligence. Depuis plusieurs jours, il avait remarqué chez sa fille un certain abattement qui ne lui semblait pas naturel... La fuite de Keller, coïncidant avec cette subite transformation, lui donna tout à coup une crainte terrible. Gretchen venait de l'embrasser convulsivement; le bon vieillard avait même cru sentir sa joue humide... Plus de doute; Gretchen méditait un malheur ou un crime. Il se leva donc précipitamment et monta, aussi vite que le lui permettait son honnêteobésité, à la chambre de sa fille, poussa la porte et resta une seconde immobile et comme paralysé. Au milieu de la chambre, se balançait le corps de Gretchen; elle venait de se pendre. Reprenant ses esprits, le bailli de Koppenheim coupa hardiment la corde, et reçut dans ses bras le corps de l'infortunée... O bonheur! elle vivait encore!... Le bailli était arrivé à temps! Il se hâta de desserrer le nœud fatal qui lui coupait la respiration... il lui frictionna les tempes et eut enfin le bonheur de la voir revenir à elle.

— « Ma fille ! mon enfant ! parle-moi ! As-tu fait mal ! je te pardonne ; mais reviens à toi, reviens à moi... Je n'ai plus que toi au monde... Tu n'as donc pas pensé qu'en mourant, tu tuais ton vieux père ! »

La jeune fille ouvrit les yeux, regarda fixement son père... Son visage exprima d'abord une joie profonde... Puis, tout d'un coup, ses traits se contractèrent ; elle devint livide, et, montrant du doigt la porte de la chambre, elle s'écria avec désespoir :

— « Ah ! trop tard ! Je suis maudite ! »

Le vieillard se retourna du côté qu'elle indiquait, et il vit un homme grand et maigre, tout habillé de rouge, avec une plume de hibou à sa toque, et dont un des pieds ressemblait au pied fourchu d'un bouc !

— Satan ! s'écria le bailli... Va-t'en !

Et il essaya de faire le signe de la croix, mais les commotions qui s'étaient succédé étaient trop fortes pour la cervelle du pauvre homme, et, avant qu'il eût pu seulement porter la main à son front, une attaque d'apoplexie foudroyante l'avait étendu sur le parquet.

— Il n'a pas eu le temps, dit l'homme rouge en ricanant... Allons, Gretchen... tu m'appartiens !

Et, saisissant la jeune fille, il s'élança par la fenêtre, en laissant derrière lui une odeur de soufre et une fumée pestilentielle. Le lendemain, les habitants du village trouvèrent le cadavre du vieux bailli de Koppenheim... Mais, en vain, appelèrent-ils Gretchen... Gretchen ne répondit pas !

Deux mois après ces événements, Buskard Keller, le séducteur de Gretchen, vint à passer dans le pays. Il ne pensait plus à la fille du bailli, et voyageait seul avec un domestique qui portait sa valise. Il était minuit; comme il s'avançait sur la route d'Éberstemburg, il se trouva vis-à-vis d'une femme voilée qui lui dit :

— Tu as été bien longtemps à venir !

— Qui es-tu donc? lui demanda Keller.

— Je suis Gretchen, et je t'attendais !

En ce moment le domestique de Keller entendit son maître pousser un cri terrible... Il accourut aussitôt et vit alors Gretchen... ou plutôt l'ombre de Gretchen qui agitait un long couteau, dégouttant du sang de son ancien amant, et qui, le jetant aux pieds du valet stupéfié, s'enfonça dans le sol qui semblait s'entr'ouvir sous ses pieds, en murmurant : « Merci, Satan... Je suis vengée ! »

Keller était mort sur le coup. Sa famille, qui était riche et puissante, obtint qu'il fût inhumé en terre sainte, et, pour calmer les esprits de l'enfer, son beau-frère fit élever cette croix, sur laquelle vous voyez écrit :

« BUSKARD KELLER ! »

Telle fut l'histoire que conta le prince. Les deux petites sœurs, qui n'avaient pas perdu un mot de ce récit, eurent beaucoup de peine à se décider à rejoindre la voiture... Encore se placèrent-elles entre l'oncle et la tante, qu'elles supposaient probablement capables d'effrayer les démons les plus féroces... Magarthy monta dans la calèche, et le prince fut encore ce soir-là le compagnon de Mézélie... La petite jument noire était désormais tout à son service.

— Vous ne nous avez pas parlé du pauvre Karl-Steig. Qu'est-il devenu?

— Ma foi, mademoiselle, l'histoire s'arrête là.

— Pauvre jeune homme! Lui qui avait reçu les serments de Gretchen... Comment peut-on tromper ceux qui nous aiment!

— Vous ne seriez pas ainsi, n'est-ce pas?

— Oh! non... Et vous?

— Moi, si j'aimais, ce serait pour toute la vie!

Et, rapprochant son cheval de celui de Mézélie, le *prince charmant* commença une de ces ravissantes divagations sur l'amour sans fin, sur la fidélité éternelle, sur toutes les utopies, en un mot, qui devraient être les seules réalités de la vie.

Le lendemain de ce jour, le prince d'Armagne fut plus gai que de coutume. Ses amis le plaisantèrent doucement sur ses assiduités auprès de Mézélie. — Eh bien! répondit-il, qui vous dit que je ne songe pas à faire une princesse d'Armagne?

VII

OU LE LECTEUR RETROUVE DEUX ANCIENNES CONNAISSANCES

Nous abandonnerons pendant quelques jours le prince d'Armagne et la famille de la créole pour mentionner l'arrivée à Bade de deux personnes que nous avons déjà rencontrées dans le courant de cette histoire. Disons seulement que le prince était de jour en jour plus amoureux et que Magarthy attendait, également de jour en jour, sa demande officielle.

Vous rappelez-vous cette jeune sœur de M. de Mingen, l'une des premières victimes de notre créole, cette gracieuse Reine, type de candeur et de vertu que nous avons vue obéir aux moindres volontés de son frère, en s'éloignant de Magarthy sur le paquebot sans demander pourquoi?

La charmante jeune fille d'il y a huit ans est devenue une ravissante jeune femme; grâce à son frère, elle a reçu une dot digne de son nom, et elle a rencontré un époux digne de son choix. M. de Largillière est aujourd'hui un homme de trente-cinq ans, et leur union est admirablement assortie. Que pouvaient-ils désirer de plus? Ils s'aiment, tout est là! Reine, transformée par l'amour, est rayonnante de bonheur.

De toutes les influences humaines, celle d'un amour vertueux est la plus puissante, comme la plus douce. Le monde n'a pas de spectacle plus féerique, plus digne d'envie que la passion pure et heureuse. La passion, cette explosion sincère des forces de l'âme, a pour nous un attrait si puissant, que nous éprouvons un plaisir profond et une émotion véritable à la contempler, même dans ses écarts et dans ses égarements. Nous sentons si bien sa force irrésistible, que nous excusons bien des fautes et bien des crimes commis en son nom. Politique, ambition, amour, ces trois grands mobiles des passions ont donné lieu à de terribles effets; mais aussi ils ont été la source de mille actions héroïques, et sans les passions, l'humanité s'arrêterait d'elle-même dans sa course : c'est le choc des passions qui entretient le feu sacré qui fait vivre les hommes. Sans elles, nous ne serions que des machines organisées comme des automates, mais inertes et sans mouvement.

Lorsque la passion se développe, en harmonie avec la conscience, l'âme se sent inondée d'une joie ineffable, c'est là le plein essor de notre nature, la satisfaction de nos plus chères aspirations, les plus divines comme les plus humaines, en un mot, c'est le paradis reconquis.

Jusqu'à présent nous n'avons connu en Reine que la jeune fille simple, naïve, droite, vertueuse, sans éclat comme sans efforts, et respectant son frère qui représentait à ses yeux toute sa famille. Maintenant l'amour passionné est entré dans ce cœur si bien fait pour le sentir et y a apporté le bonheur suprême, car ces saintes joies, ces plaisirs de l'amour pur et vertueux, qu'elle n'aurait pas cherchés d'elle-même, elle les savoura en pleine liberté. — Elle aimait ardemment et innocemment : elle était heureuse dans la pleine acception du mot.

M. de Largillière était à la fois pour elle, un mentor, un frère et un amant. Une fois en possession de cette âme si suave — ouverte à toutes les belles aspirations—sensible à toutes les poésies...

Il s'en fit le guide et le protecteur. Il entreprit de lui apprendre le monde et la vie, et rien n'eût été plus délicieux à contempler que le tableau de leur intérieur. Où en trouver de plus chaste, de plus tranquille, de plus studieux?

Largillière, un bras passé autour de la taille de la jeune femme, se promène dans le parc, il parle et Reine écoute, attentive et recueillie. De temps à autre, elle questionne et son mari lui répond en éclairant les points qui semblent l'embarrasser.

Il lui fait comprendre les joies suprêmes de la conscience. Rien ne peut égaler la félicité que donne la satisfaction de la conscience.

— Sois dévote, si tu veux, lui dit-il; mais avant de consulter un homme, ou d'implorer un Dieu, interroge ta conscience. C'est elle seule que Dieu a chargée de te répondre, et elle est toujours prête et infaillible. La conscience est toujours réellement vraie. Dans toutes les occasions de ton existence, réfugie-toi sans cesse en elle, n'imite pas ces gens qui n'ayant jamais fait rien de répréhensible et, se voyant en butte aux perfidies des méchants et aux accusations des envieux, se découragent et semblent vouloir abandonner la cause du juste et du vrai. A quoi bon la vertu, disent-ils? A quoi bon essayer de faire le bien sur la terre... Le vice adroit et souple, la ruse et le savoir faire seront toujours triomphants. Ce sont là, mon amie, des faiblesses qu'il faut éloigner de son cœur. Ceux qui se découragent, qui *désertent* en un mot, n'ont pas interrogé leur conscience. Ils ignorent, les malheureux, les joies sublimes de la conscience, et c'est cette ignorance des bonheurs intimes qui les fait douter des autres et d'eux-mêmes. Lorsque tu verras une bonne action de toi mal interprétée, et, d'une autre part, l'action hypocrite d'un fourbe vantée... tu t'indigneras d'abord... Ce premier mouvement est naturel; mais réfléchis un peu, et consulte la voix secrète... Elle te consolera dans tes petites désillusions, elle te montrera du doigt la vanité du monde, et ton âme peu à peu rassérénée oubliera les mécomptes de la vie et bénira la conscience qui t'aura éclairée, raffermie, consolée.

Reine écoutait avidement son mari; leurs conversations l'avaient rendue une vraie sainte, dans l'acception véritable de ce mot, si souvent et si mal employé. Sa religion n'était pas très voyante : elle pratiquait peu; mais elle remplissait tout ce qui l'environnait de joie et de contentement. Elle ne se bornait pas à entretenir son mari de son amour, elle le lui prouvait activement dans les plus petites comme dans les plus grandes choses. Elle s'associait à toutes ses pensées, s'assimilait tous ses goûts, partageant ses relations, ses études et ses travaux. Elle aimait le monde, lorsqu'il souhaitait l'y conduire, et elle y brillait d'un éclat sans pareil; elle aimait la solitude, s'il éprouvait le besoin de la retraite.

A la campagne, elle se faisait belle pour lui seul, elle aimait à charmer son cœur par sa grâce et son esprit naturels; mais elle aimait aussi à conserver le prestige des yeux. Lui, de son côté, faisait grande toilette, et un beau jour, ils sortaient du château, en calèche à la Daumont, elle brillante, comme si elle eût été faire étalage de luxe au bois, ou à Longchamps, lui, splendide, comme s'il eût reçu une lettre d'invitation d'un roi. Ils parcouraient ainsi la forêt, émerveillant les bûcherons et effarouchant les biches et les cerfs. D'autrefois, ils faisaient allumer deux cents bougies dans leur grand salon, et toujours dans des toilettes originales et d'une exquise fraîcheur, ils se donnaient une soirée d'apparat à eux deux seulement. Elle se mettait au piano, ils chantaient des duos et terminaient cette fête intime par un fin et délicat souper.

Certes il y avait un peu d'enfantillage dans tout cela, mais l'enfantillage a bien souvent son charme.

Lorsqu'ils étaient séparés, ce qui arrivait rarement, elle s'enfermait dans une agréable solitude et là, elle essayait de se mettre au courant des affaires politiques ou mondaines. Elle lisait tous les journaux, toutes les brochures, y cherchant tout ce qui pouvait intéresser son mari et elle lui adressait de longues lettres où elle rendait compte de ses lectures. Elle ne mettait aucune prétention dans son style. Elle n'avait pas d'art, mais elle possédait une élégance et une naïveté adorables. Ses lettres dictées par le cœur, n'avaient rien qui rappelât le bas-bleu... C'était toute la poésie de son âme pure et passionnée.

Telle était Reine, lorsque, sur les instances de son mari qui avait besoin de se reposer de ses travaux parlementaires et de ses occupations financières, elle fit une apparition à Bade. Grâce aux nombreuses relations de M. de Largillière, la jeune marquise fut admise d'emblée dans les diverses coteries où sa beauté et sa naïveté enchanteresses furent bientôt le sujet de toutes les conversations. Quoique de caractère et d'allures opposées, M. de Largillière et le prince avaient été fort liés autrefois. La connaissance fut vite renouée et M. de Largillière reçut la confidence des projets de mariage du prince.

Le rêve de Magarthy, nous l'avons déjà dit, était de pénétrer dans le sanctuaire de la haute société de Bade... Le prince aurait pu y présenter sa femme; mais il ne pouvait y faire admettre facilement madame de Talin, riche et titrée sans doute, mais inconnue de tous. Il fut donc convenu entre le prince et Magarthy que l'on tâcherait d'amener une liaison entre cette dernière et madame de Largillière. En conséquence, Magarthy organisa une tombola, s'en nomma elle-même dame patronnesse et un beau jour, sous le prétexte de placer des billets, madame la baronne de Talin se présenta chez Reine au moment, où selon leur convention, le prince s'y trouvait de son côté. Magarthy fut adroite, insinuante. Le prince ne tarit pas en éloges sur madame de Talin, sur ses adorables enfants et sur la manière admirable dont elle dirigeait seule une fortune importante. Quant à Reine, elle prit quelques billets, causa peu et se tint sur la défensive. Tout en remerciant Magarthy de l'associer à une bonne œuvre, elle ne cessa d'observer la créole d'une façon persistante et qui, sans pouvoir passer pour impolie déconcerta fortement celle-ci.

La visite fut courte, malgré les efforts du prince pour alimenter la conversation : Reine semblait distraite et Magarthy se retira sans avoir reçu une invitation à revenir ou la promesse d'une visite de madame de Largillière.

Resté seul avec la marquise, le prince ne put s'empêcher de lui témoigner son étonnement de sa froideur :

— Que vous a donc fait cette pauvre baronne?... Vous, si bonne, si affable... vous l'avez reçue plus qu'indifféremment.

— Prince, il y a longtemps que j'ai vu cette dame pour la première fois... huit ans, peut-être. C'était sur un paquebot et, comme elle s'était pour ainsi dire emparée de moi, je me laissais aller aux charmes de ses prévenances... Cela déplut à mon frère, qui me pria d'un ton que je n'oublierai jamais, d'éviter cette femme... J'ai obéi, et tant que mon frère n'aura pas levé la consigne, je ne parlerai pas à cette baronne de Talin, dont le nom était autre, ce me semble, il y a huit ans. Il existe un mystère entre cette femme et mon frère... mystère que je ne comprenais pas alors... mais que je crois deviner aujourd'hui... Du reste, je vais lui écrire à ce sujet :

— C'est cela. — Et moi aussi, je l'interrogerai... Cette histoire de paquebot me paraît louche.

En effet, le prince écrivit aussitôt... Quelques jours après, il reçut la réponse suivante :

« Cher prince,

« Votre lettre m'a épouvanté! Vous voulez, me « dites-vous, épouser la fille d'une femme qui se « fait appeler Octavie de Talin... Autant vaudrait

« vous mettre une pierre au cou et vous jeter dans « le Rhin. Sur mon honneur de gentilhomme, vous « ne pouvez entrer dans cette famille. *Elle* se « nomme Magarthy; c'est une esclave affranchie. « Elle a empoisonné sa mère, elle a assassiné sa « maîtresse, madame de Cerny, elle a voulu me « tuer et m'a volé comme dans un bois. Jalouse « sans amour, haineuse sans raison, corrompue « sans tempérament, cruelle par instinct, Magarthy « est un monstre. Cette femme, capable de tout, « porte avec elle la mort et le déshonneur.

« Voilà ce que j'ai à vous dire... Je suis si « troublé de votre confidence que je ne suis pas « maître de mes expressions. Je vous répète seu- « lement et cela, sur mon honneur, que je suis « resté au dessous de la vérité. Dans ma convic- « tion, cette femme finira dans une prison ou sur « l'échafaud.

« Ma sœur a reçu de moi l'ordre formel de ne « jamais approcher de cette misérable. Je n'ai pas « voulu souiller son esprit par la révélation de cer- « taines turpitudes, mais j'écris à mon beau frère « une lettre à peu près semblable à celle-ci.

« Adieu, prince, courage!

« Votre dévoué,

« DE MINGEN. »

Ce billet plongea le prince dans une stupéfaction douloureuse. Il aimait ardemment Mézélie, il s'en croyait aimé, mais il aimait et respectait par dessus tout le nom que ses aïeux lui avaient transmis. Il se décida donc à rompre brusquement ses chaînes, car il ne doutait pas de ce que lui disait de Mingen. Celui-ci ne pouvait être soupçonné en fait d'honneur et de vérité. Il se résolut donc à écrire à la baronne de Talin une lettre que nous transcrivons ici, pour montrer que la délicatesse du prince ne l'abandonnait pas, même dans les circonstances où il lui eût peut-être été permis d'être tout autre.

« Madame la baronne,

« Pardonnez-moi de vous annoncer si brutale-
« ment mon départ de Bade. Hélas! oui, ma-
« dame, je pars et me vois dans la douloureuse
« nécessité de rompre des relations qui m'étaient
« douces et précieuses... il le faut cependant! —
« Rappelez-moi au souvenir de mademoiselle
« Mézélie que mon mauvais destin me contraint à ne
« plus revoir jamais... J'ai hésité à vous écrire...
« Mes motifs sont sérieux, cependant, il ne tien-
« dra qu'à vous qu'ils ne soient connus de per-
« sonne, excepté d'une nommée MAGARTHY, dont je

« connais TOUTE l'histoire. *Magarthy* est actuelle-
« ment à Bade : vous la connaissez ! — deman-
« dez-lui les raisons qui m'éloignent pour tou-
« jours de l'honorable famille de Talin et de la
« jeune fille que j'aimais... Vous comprendrez
« alors comment il se fait que je n'aie pas d'autre
« parti à prendre.

« ALBERT D'ARMAGNE. »

Magarthy reçut cette lettre pendant le déjeuner. Elle la lut... — nous savons qu'elle avait appris à lire... — elle la lut sans que sa physionomie exprimât aucun des sentiments que cette lecture faisait naître dans son âme. Au premier moment, elle crut s'être trompée et elle la recommença deux fois, trois fois.

— Allez au jardin, dit-elle enfin à ses filles... j'ai besoin d'être seule !

Mézélie et ses deux sœurs obéirent.

Une fois seule, la créole put laisser le champ libre à sa colère, à sa rage ! Comment le prince avait-il pu savoir son passé...? C'était Reine, sans doute, qui instruite par son frère avait tout révélé ! « Malheur à elle... malheur au prince ! La mort pour tous deux ! » — Telles furent ses premières pensées : elle voulait se venger ! En proie à une sorte de délire furieux, elle se promenait avec agitation dans le cabinet où elle s'était renfermée. Qui l'eût vue alors, l'eût prise pour une des sorcières de Macbeth. Les cheveux épars, la bouche écumante, les yeux hagards, le sein convulsivement agité... elle n'avait plus rien d'humain! Tout son passé aurait pu se lire sur son front dépouillé de son masque habituel. De la femme, il ne restait que l'enveloppe...! Le démon qui habitait ce corps apparaissait dans toute sa laideur. Tous ses crimes passés pouvaient se lire sur sa physionomie. Le meurtre, le parricide étaient imprimés en caractères livides sur ce visage décomposé. La débauche n'avait pas atteint la luxuriante richesse de sa nature; mais d'un seul coup, la haine venait d'opérer une transformation monstrueuse. Ce n'était plus ni Messaline, ni Marco, ni la Marton... c'était Brunehaut, Locuste ou Némésis. Verte plutôt que pâle... les lèvres contractées, elle s'assit dans un fauteuil et resta près d'un quart-d'heure plongée dans une profonde méditation. La lettre fatale était placée sur un petit guéridon en face d'elle... Elle la consultait de temps à autre, et déchiquetait machinalement le meuble avec un canif qu'elle avait à la main. On sentait qu'elle n'eût pas hésité en ce moment à poignarder elle-même ceux qu'elle appelait des lâches et des misérables. Elle ne put tenir longtemps contre toutes ces émotions... Elle sentait qu'une crise approchait... ses tempes battaient avec force... Elle eut encore la présence d'esprit de fermer toutes les issues, puis mettant un mouchoir sur sa bouche pour étouffer les cris qu'elle sentait près de lui échapper, elle se laissa glisser sur le tapis et s'y roula, en proie à d'horribles convulsions. Cependant, elle fut, même dans le paroxisme de la crise, assez maîtresse d'elle-même pour qu'aucune vocifération ne la trahît... Elle serrait son bâillon volontaire entre ses dents, et tandis que ses mains frappaient des ennemis imaginaires, tandis que son corps se tordait dans tous les sens et qu'elle mettait en lambeaux tout ce qui la couvrait, elle ne prononça pas un mot... Elle râlait, mais aucun de ses soupirs étouffés par le mouchoir qu'elle avait fortement attaché derrière sa tête, ne fut entendu au dehors. Pendant une demi-heure, elle fut folle, véritablement folle furieuse. Tout son passé jaillit à ses yeux comme apparaissent les spectres dans les fantasmagories. — Elle revit sa mère, madame de Cerny... elle revit ses compagnes de prostitution qui la montraient du doigt à la Marton, en riant de tout leur cœur! Toute sa vie flétrie, méprisable se dressa devant elle. Cerny, master John, de Mingen, les matelots, les nègres, le prince, la duchesse, Reine, Prissé, Berthe, Tayeur lui-même, défilèrent devant ses yeux, dans ce panorama fantastique. Elle se vit traînée sur une claie dans les rues, attachée au pilori... et elle sentit même la brûlure d'un fer rouge sur son épaule... Elle se retourna violemment, et dans le bourreau, elle reconnut Simon Lenoir qui lui souriait diaboliquement. Puis vint la cour d'assises... M. de Lauménil pleurait dans un coin et ses filles étaient placées aux côtés du président... Un homme habillé de rouge comme dans les drames de sang, la saisit et elle se trouva sur une place immense où plus de dix mille personnes criaient : « A mort la parricide, à mort la meurtrière, à mort la faussaire! » — Et Simon Lenoir, toujours Simon, son complice, l'homme rouge du tribunal, lui passa autour du cou une corde froide comme la glace... Ses filles étaient à une croisée vis-à-vis de la potence et causaient en riant avec le prince, la duchesse, Reine et M. de Mingen qui leur désignait Magarthy du doigt. C'en était trop pour ses forces. Au moment où Simon serrait le nœud fatal, Magarthy s'évanouit. Mais cette syncope ne fut pas de longue durée. Elle reprit bientôt ses sens et se hâta de changer de toilette et de recomposer son visage. La réflexion remplaça les transports primitifs qui l'avaient envahie et quelque chose comme un remords traversa son âme... si toutefois elle avait une âme! Elle se compara aux autres femmes, à Reine surtout... cette noble jeune fille, cette heureuse épouse, cette chaste mère... Elle pleura, suite inévitable de toute crise nerveuse, elle pleura, en pensant que ses enfants la mépriseraient un jour et l'idée du suicide surgit dans son cerveau.

Mais, si elle mourait, que deviendraient ses enfants? Ses enfants... la seule chose au monde qui pût la toucher. Il fallait que ses filles fussent heureuses! Il le fallait, même au prix de nouveaux crimes de sa part.

Mais que tenter?

Elle avait bien au fond du cœur une ressource, c'est à dire une idée vague qu'elle caressait en rêve... et qui si elle devenait réalisable, pouvait lui donner quatre chances d'arriver peut-être à la richesse. Je dis quatre chances, parce que chacune de ces chances était séparée et pouvait, cependant, à un moment donné, servir toutes les quatre à la fois. Magarthy recevait souvent des lettres, mais il y avait surtout quatre écritures, quatre initiales qui l'intéressaient plus que les noms écrits tout au long au bas des lettres indifférentes. Chacune de ces lettres venait d'un homme, et chacun de ces hommes pouvait, si son idée prenait un corps, devenir pour elle un auxiliaire, une ressource suprême... qui sait? tous quatre peut-être, à l'insu l'un de l'autre, pouvaient concourir à sa fortune.

Quoi qu'il en soit, cette rupture du prince d'Armagne laissait Magarthy dans une situation affreuse. Elle était au bout de son argent et elle ne pouvait en rien diminuer ses dépenses. Elle avait bien, comme d'habitude, plusieurs amants à Paris... Mais leur concours officieux dépendait d'une condition sociale apparente que Magarthy n'était pas sûre de pouvoir leur opposer encore... Jusque-là, ce n'étaient que des *liaisons de convenance*, ainsi que lord Shesterfield nomme les intrigues passagères, qu'un homme du monde accepte joyeusement avec toute femme paraissant riche, posée et dont le physique est encore convenable, liaisons qui n'ont rien des entraînements de la passion, qui n'engagent à rien et qu'on rompt comme on les forme, le plus facilement du monde. Elle ne pouvait compter sur l'aide efficace de ses amis et elle ne croyait plus pouvoir prétendre à inspirer une passion.

— Mon règne est fini, se dit-elle pour la centième fois, depuis un mois,...mais j'ai mes filles... et...

Rendons justice à Magarthy : l'horrible pensée

qu'elle allait exprimer, s'était à peine présentée à son idée qu'elle la rejeta avec terreur.

— Oh! jamais! jamais! mes pauvres enfants! les voir continuer ma vie misérable... jamais! Plutôt les tuer, s'écria-t-elle avec énergie, dans le paroxisme de l'indignation que lui inspirait la tentation qui lui était venue un instant à l'esprit.

Une fois qu'elle eut complétement repris possession de son calme et après une longue méditation, elle se résolut à ne rien tenter ni contre Reine, ni contre le prince. Que pouvait-elle faire d'ailleurs? L'un et l'autre étaient à l'abri de toute calomnie et Magarthy ne pouvait que se *couler* encore davantage, en essayant d'entrer en lutte avec eux. D'ailleurs, elle avait un projet en tête qui nécessitait un prompt départ.

Il s'agissait d'un gain assuré de 100,000 fr.... Le moyen de les gagner subitement lui était venu à l'esprit, au milieu de ses réflexions tumultueuses. Elle fit appeler Mézélie auprès d'elle.

VIII

LE DÉPART

— Ma fille, lui dit-elle sans préambule, nous partons ce soir même... Nous quittons Bade, pour n'y jamais revenir.

— Et le prince? hasarda timidement la jeune fille.

—Le prince d'Armagne n'existe plus pour nous, mon enfant! Il n'y faut plus penser! Il nous a tous trompés! Il aime ailleurs et sa main est promise.

— Quoi! il serait possible!

Mézélie ne put retenir ses larmes.

— Tout est possible, mon enfant... Tu ne connais pas la vie!... Ne pleure pas ainsi : tu me désoles. Écoute-moi plutôt avec calme... Le prince ne peut t'épouser.

— Mais, maman...

— Ce mariage est impossible, te dis-je... Crois-moi... Il faut que je sois bien certaine de ce que je te dis pour me décider à t'affliger ainsi. Tu avais fait ou plutôt nous avions fait un rêve. Il n'y faut plus penser. Tu es jeune... tu as ressenti pour le prince cette première affection que les jeunes filles s'empressent à tort d'appeler l'amour. Tu oublieras l'homme qui a voulu te tromper. La première vertu, ma fille, c'est la fierté! Il y va de ton honneur, de l'honneur de ta famille de paraître rompre la première. Voilà pourquoi nous partirons le plus vite possible. Ne pleure pas, Mézélie, tu sais combien je t'aime, combien j'aime tes sœurs... Eh bien, c'est la première fois que je te demande une grâce! accorde-la-moi, en récompense de tout ce que j'ai cherché à faire pour ton bonheur; le prince d'Armagne s'est joué de ta jeunesse et de ton inexpérience... Oublie-le et partons!

L'explication entre la mère et la fille fut un peu longue. Mézélie abandonnait avec peine ses projets de mariage. Le prince était beau, riche... et prince! Or le titre de princesse a bien des attraits! Cependant, la créole sut si habilement tourner les choses, qu'elle prouva à la jeune fille que cette rupture était le plus grand bonheur qui pût lui arriver. Aimer un homme dont le cœur est déjà donné, s'exposer à subir l'humiliation d'un abandon qui ne pouvait tarder, tout cela était indigne d'une jeune fille de dix-huit ans, aussi riche, aussi distinguée que Mézélie. D'ailleurs, il n'y avait pas que le prince d'Armagne au monde et, grâce au ciel, il n'était pas le dernier des épouseurs! Quelle honte pour Mézélie, si elle restait assez longtemps à Bade pour se voir délaissée! Que penserait le monde d'un abandon aussi imprévu, et comme les bonnes petites amies riraient en parlant de la pauvre Ariane sans mari! Tandis qu'en prévenant le prince par un départ subit, tout l'avantage restait à la famille de Talin et le prince seul aurait à subir le ridicule de la rupture!

Magarthy fut éloquente et Mézélie ne tarda pas à être persuadée que le prince était un monstre et que sa mère était la meilleure des mères. L'idée de retourner à Paris où Magarthy lui promettait des connaissances nouvelles et des fêtes ravissantes, remplit bientôt cette petite tête déjà abondamment fournie de tous les caprices si naturels à l'extrême jeunesse, et ce fut presque gaîment qu'elle aida sa mère et toute la famille à faire les préparatifs du départ.

Le bruit de la rupture du prince, malgré le

secret gardé par les deux parties, courut dans Bade... on ne s'abordait que pour se dire :

— Vous savez bien... le prince et la jeune créole... Eh bien, tout est rompu !

Le prince eut à souffrir quelques railleries à son cercle; mais il pria *sérieusement* ses amis de ne point insister sur ce sujet et l'on se le tint pour dit. La médisance n'en alla pas moins son train. Le prince avait donné à Mézélie une jolie petite montre émaillée, avec son chiffre et sa couronne. C'était une avance sur la corbeille, et Magarthy trouva bon de ne pas renvoyer le bijou. Le prince était loin de songer à cette bagatelle; mais quelques-uns de ses amis apprirent ce fait, je ne sais comment, — tout se sait dans les villes d'eaux, et ils composèrent une chanson assez méchante à ce propos. Pendant les vingt-quatre heures que Magarthy fut obligée de rester encore à Bade, elle et sa fille furent en butte à plusieurs mauvaises plaisanteries, entre autres à celle de la complainte qui leur fut envoyée en triple exemplaire. Nous nous rappelons le dernier couplet de cette chanson exécrable comme poésie, mais assez cruelle pour ces dames.

Belle Iris, quoi! vous partez !
— Partout on rencontre —
Un prince aux traits attristés
Bien sombre il se montre....

Vous emportez son regret.
Mais encore point ne faudrait
Emporter sa montre,
O gué!
Emporter sa montre!

Magarthy et sa famille quittèrent Bade sans faire d'adieux à personne. On causa quelques jours de ce départ, puis on n'y pensa plus... Le public des eaux est habitué à ces disparitions subites, et les étoiles filantes n'ont plus rien qui étonne ce monde insoucieux. Une fois à Paris, Magarthy confia la direction de sa maison à la vieille du Tilleul et, accompagnée de Simon Lenoir, elle partit pour un petit voyage qu'elle annonça devoir durer une douzaine de jours. Où allait-elle? C'est ce que l'on saura si l'on veut bien suivre Magarthy jusqu'au chemin de fer de Lyon, où Simon vient de prendre deux places pour Marseille. Côte à côte dans le coupé, nos deux chasseurs d'aventures convinrent à peu près de leurs faits... Ils s'agissait d'une infamie : le forçat et le courtisane furent bientôt d'accord.

IX

LES BONARI

Une fois arrivée à Marseille, Magarthy choisit une auberge dans un des quartiers les plus retirés, sous le nom de madame Barrière et s'y installa... Elle ne tenait pas beaucoup à se montrer, et ce fut Simon Lenoir qui s'enquit des habitudes et des mœurs de la famille chez laquelle ils allaient *travailler*, expression favorite de Magarthy. Tous les soirs, Simon rendait compte à la créole de ce qu'il savait et, au bout de huit jours, Magarthy lui donna ses instructions dernières et le chargea d'écrire une lettre qu'elle lui dicta.

Il est utile de faire connaître aux lecteurs la

famille Bonari, afin de les mettre à même d'apprécier les chances de succès de la quarteronne dans cette nouvelle tentative de chantage.

Le comte Bonari appartient à une des plus illustres maisons de la Bretagne. On dit les Bonari, comme ont dit les Montmorency. Un mariage heureux sous tous les rapports de fortune, de sentiment et de convenance avait décidé le comte Bonari à abandonner son pays natal et à venir se fixer à Marseille. Dernier rejeton d'une race de nobles seigneurs, rien ne le retenait dans son pays. La première révolution avait ruiné le château de ses ancêtres, et il vivait dans sa nouvelle famille, heureux et honoré. Il avait soixante-trois ans, mais portait gaillardement son âge... Son fils, le vicomte Bonari passait, chaque hiver, quelques mois à Paris; le reste du temps, il le consacrait à son père qu'il chérissait et il était sur le point de conclure un mariage avantageux. Rien jusque-là, n'avait donc troublé le bonheur de cette famille patriarcale. Ils avaient eu à soutenir un procès, il y avait quelque dix ans, à propos d'un certain intrigant qui avait pris le titre de marquis de Bonari, et qui sous ce nom menait une vie scandaleuse. Le procès n'avait pas été long... Vérification faite des papiers et de l'état civil du soi-disant marquis, il fut reconnu qu'il ne s'appelait pas *Bonari*, mais *Buo-*

nari, et que loin d'être noble, son père exerçait l'humble profession de tailleur, à Ajaccio. — Un jugement intervint qui défendit au quidam de porter le nom de Bonari... et le titre de marquis... Voilà la seule tribulation qu'eut à subir la famille Bonari... Mais on parla longtemps de l'intrus, et lorsqu'on voulait citer un fourbe, un fripon ou un homme sans moralité, on disait plaisamment... C'est encore quelque *Buonari!*

Le père du comte avait pris une part active aux guerres de la Vendée. Pendant longtemps, il fut chargé de la correspondance des princes et, accompagné de Pétrinel, son valet de chambre, il parcourut, sous divers déguisements, toute la Bretagne. Mais il fut pris par les bleus ainsi que le fidèle Pétrinel et transporté à Paris, où on les enferma dans une prison qui regorgeait de victimes. Le comte succomba au typhus et Pétrinel, par un hasard, miraculeux parvint à s'échapper. Mais n'osant retourner, en Bretagne, il se présenta comme domestique, sous un faux nom, chez M. de Mingen, le père de l'ancien amant de la créole. Il avait sauvé quelques-unes des lettres de M. Bonari, et sur le point de mourir... ne sachant ce qu'était devenu le fils de son maître, il remit ces lettres à M. de Mingen, en le priant de les transmettre à la famille, si toutefois elle existait encore.

Ce fut dans les papiers du fils de Mingen que Magarthy trouva ces lettres, insignifiantes pour la plupart, et qu'elle regarda longtemps comme inutiles.

La mémoire de M. de Bonari, le Vendéen, était en grand respect dans la famille de Marseille. Plus d'une fois, à la fin d'un repas on s'était entretenu des dangers qu'il avait courus pour la bonne cause. On n'oubliait pas non plus le gars Pétrinel dont le dévoûment avait manqué lui être fatal... Puis venaient les anecdotes sur les pérégrinations nocturnes des deux courageux partisans. — Une surtout avait le don de faire rire aux larmes le comte de Bonari actuel... Il se plaisait à la raconter et chacun s'empressait de la trouver charmante.

— Figurez-vous, disait-il, que mon pauvre père et le gars Pétrinel étaient ce jour-là déguisés en charbonniers... Ils étaient noirs en diable... La nuit approchait, la pluie tombait et la faim pressait... Que faire au milieu d'une forêt dont ils avaient quitté les sentiers? Une idée vint à Pétrinel qui était un savant et qui savait son Perrault sur le bout du doigt! Se rappelant les aventures du petit Poucet et imitant le malin bonhomme, il grimpa en haut d'un chataignier et aperçut une lumière à une portée de fusil! Pétrinel s'orienta si bien, qu'au bout d'un quart-d'heure les deux faux charbonniers frappèrent à la porte d'une chaumière.

— Qui va là? dit une voix faible.

— Amis!

— Entrez, la porte ne ferme qu'au loquet.

Mon père et son valet entrèrent dans une misérable cabane... où gisait une femme sur un grabat. Elle avait la fièvre et de temps à autre elle puisait, avec un verre, dans un seau rempli d'eau et placé près de son lit. En ce temps-là, le paysan breton ne connaissait d'autres remèdes à toutes les maladies que le lit, la diète et l'eau fraiche. Le médecin était en horreur dans ces pays presque sauvages et il n'était guère appelé que pour constater les décès. Nos deux voyageurs exténués, trempés de pluie, affamés et gelés, essayèrent de faire lever cette femme...

— Oh! que nenni... Attendez le jour... Les gars viendront.

— Sont-ils loin?

— Vous êtes curieux... Vous n'avez pas plus l'air de charbonniers que moi d'une princesse... Voue êtes des bleus déguisés, pas vrai?

Et la vieille femme que la fièvre rendait inconséquente... retomba en murmurant :

— Les canailles! ils m'ont tué mon homme! Mais les gars sont là! les gars sont là!

Sont, sont les gars de Lominé
Qu'ont de la mailloche...

Et elle s'endormit en fredonnant la fin de la ronde.

— Ma foi! dit mon père... A la guerre, comme à la guerre... allume une autre chandelle, voici un briquet... Ah! ah! des fagots! ma foi, nous allons nous sécher!

Le feu flamba bientôt dans l'âtre, sa lueur et son pétillement réveillèrent la femme...

— Oh! les bleus! au secours!

— Taisez-vous, lui dit mon père... Je suis le comte Bonari.

— Vous, Seigneur Dieu! c'est-y possible! et je ne peux pas me lever... Mais dites à ce gars qui est à côté de vous, comme un émouché ébaubi, qu'il ouvre la bouche... Il y a Dieu merci, du pain... du beurre... Ah! monsieur le comte, Dieu bénit la maison... Si les bleus viennent, ils trouveront... oh! les bleus!

Sont sont, les gars de Lominé
Qu'ont de la mailloche...

Et elle se retourna pour dormir.

Pétrinel avait déjà dévalisé la huche... Mais la pitance était restreinte... Il y avait du pain, du beurre et des oignons! — que faire de cela?

— Une soupe à l'oignon, s'écria mon père... Et

les voilà tous deux épluchant, taillant et faisant rissoler les oignons dans un énorme morceau de beurre. Pétrinel remplit la marmite d'eau et sortit un moment pour voir l'état du temps et s'assurer qu'ils n'avaient pas été suivis. Pendant ce temps, mon père veillait sur la marmite avec un intérêt marqué, car son estomac était excité encore davantage par l'odeur exquise qu'elle exhalait. Au moment où la soupe se mit à bouillir, mon père, se rappelant vaguement avoir vu sa cuisinière faire un pot au feu... se mit fort gravement à enlever avec une cuillère les couches blanches qui apparaissaient à la surface du bouillon. Pétrinel rentrait en ce moment.

— Oh! monsieur le comte, que faites-vous?

— J'écume, mon garçon, j'écume!

— Oh! alors, mettez l'écume dans mon écuelle, si vous voulez bien.

— Comment, tu vas manger cela!

— Oh! vous m'en demanderez, monsieur le comte.

— Comment.

— Eh! monsieur, je ne suis pas noble, je ne suis pas savant... mais je me suis toujours laissé dire que l'écume de la soupe à l'oignon s'appelait autrement.

— Eh bien, comment ça s'appelle-t-il, gros nigaud?

— Ça s'appelle du beurre, monsieur le comte !

Et Pétrinel de rire aux éclats...

Le comte fut un peu humilié, mais prenant son parti en brave... Il se résolut à manger la soupe avec l'écume. Jamais, me disait-il, dans une des rares apparitions qu'il faisait au château, jamais je n'ai fait un meilleur souper.

Voilà quelle était l'histoire de fond du nouveau comte de Bonari.

Nous l'avons dit, c'était une famille patriarcale et Magarthy qui avait pris ses renseignements, savait que l'orgueil du nom de leur père, mort au service des princes, était tout pour eux. C'était à cet orgueil, que, grâce à l'industrie de Simon Lenoir, elle venait tendre un piége infâme... Les lettres qu'elle possédait ne contenaient que des choses banales. C'était ou des correspondances avec des fermiers pour leur donner des adresses où ils pussent faire parvenir de l'argent au comte, ou des correspondances avec d'autres agents des princes. Dans ces temps de guerre civile, on se rendait réciproquement sa correspondance, car une lettre de partisan ou de chouan trouvée dans une maison quelconque aurait suffi pour faire condamner toute une famille à l'échafaud. Bien des mariages funèbres avaient été conclus par Carrier pour moins que cela, et Pétrinel dans ses courses rapportait à son maître toutes ses lettres après que les intéressés en avaient pris connaissance. Mais revenons à nos deux tristes héros.

Simon Lenoir se présenta au domicile du comte et demanda à lui parler en particulier. Celui-ci le reçut aussitôt dans son cabinet et là Simon Lenoir, d'un air profondément affligé, lui remit une lettre de madame Barrière, dans laquelle celle-ci lui mandait que s'il était désireux d'apprendre quelque chose qui intéressait l'honneur de sa famille, il n'avait qu'à suivre le porteur du billet. On lui recommandait en outre le plus grand secret; le comte fut fort surpris de cette lettre. Il voulut interroger Simon Lenoir, mais ce dernier fut impénétrable. Il se décida donc à le suivre; une citadine attendait en bas, et tous deux entrèrent peu de temps après chez Magarthy. Là, le comte s'informa du motif qui avait provoqué cette entrevue. Pour toute réponse, la créole lui tendit un petit paquet de lettres, jaunies par le temps et que le comte baisa respectueusement. Il avait du premier coup d'œil reconnu l'écriture de son père.

— Madame, dit-il à Magarthy, après avoir parcouru quelques lettres... je ne sais comment vous remercier. Tout ce qui me vient de mon pauvre père est un trésor pour moi... Permettez-moi de regarder encore ces lignes chéries que votre bonté m'a donné la joie de retrouver après tant d'années.

Il y avait parmi ces papiers, un recueil de pensées diverses, toutes de la main de son père qui le toucha profondément. Ces pensées étaient précédées d'une notice ainsi conçue :

« Lorsque l'idée me vint de rassembler quelques « notes éparses qui se trouvaient dans mon porte- « feuille et que je regardais comme les bases des « principes que je cherche à me former depuis « longtemps, je n'avais d'abord que l'intention de « leur donner une nouvelle consistance par cette « réunion et de me mettre à même d'en pouvoir « faire une lecture, toutes les fois que je me trou- « verais dans ce moment que l'homme le plus « affermi n'évite qu'avec peine et qu'il peut appe- « ler avec raison, ses *égarements* ou ses *disgrâces*. « Mais aujourd'hui un nouveau motif me rend la « formation de ce recueil un devoir sacré... ce « n'est plus pour moi seul que je travaille... c'est « pour mon fils et pour moi. Et qui m'en a fait « naître la pensée? Mon cher enfant lui-même! « J'étais dans mon cabinet, plongé dans les rêve- « ries qui sont assez naturelles à mon caractère, « j'avais sous les yeux ce petit recueil... Mon fils « entre et vient se placer près de moi... Après un « moment de silence : — Est-ce pour moi, mon

« père, que vous écrivez cela et me donnerez-vous
« votre petit livre quand je serai grand? Qu'on me
« me pardonne la puérilité de ce souvenir... c'est
« un enfant de cinq ans qui parle et c'est son père
« qui écrit!... »

Le comte Bonari ne put continuer, ses yeux étaient voilés de larmes. Magarthy épiait avec joie ces transports et elle se disait en elle-même que la négociation serait moins pénible qu'elle ne le craignait, avec un homme qui avait à un aussi haut degré le culte de l'amour filial.

— Madame, ajouta le comte, pardonnez-moi ces larmes. — Mais je suis vieux et ces quelques mots m'on ramené à une époque où mon pauvre père était heureux... Mais que puis-je faire pour reconnaître le bonheur que vous me donnez? Parlez, disposez de moi!

— Attendez, monsieur le comte, il existe encore une lettre de votre père qui détruira peut-être le charme de vos souvenirs d'enfance... La vie a de singulières contradictions, et les plus grands, les plus nobles dehors ne servent souvent qu'à cacher une plus grande duplicité.

— Que voulez-vous dire? madame; je ne vous comprends pas!

— Lisez, monsieur le comte, voici la dernière lettre de votre père... datée de la prison. Pétrinel ne savait probablement pas lire... car il se fût, sans aucun doute, empressé de brûler cette lettre accusatrice.

Le comte prit la lettre des mains de Magarthy la parcourut rapidement des yeux, devint excessivement pâle... puis il se mit à la relire d'un bout à l'autre, s'arrêtant de temps en temps pour comparer l'écriture avec celle du cahier de pensées qu'il avait à la main.

— Je rêve, dit-il... c'est impossible! Cependant c'est bien son écriture... Oh! mon père... mon père! Et la lettre lui échappa des mains. Magarthy s'en empara et la cacha dans son corsage. Elle laissa s'exhaler la douleur du comte et, après quelques minutes données à la réflexion, elle dit lentement et en appuyant sur chaque mot, comme pour mieux retourner le poignard dans la plaie :

— Vous le voyez, monsieur le comte, l'honneur de votre famille est dans mes mains... De son propre aveu, dans une lettre signée de son nom, votre père avoue qu'il a été un traître, un espion, et qu'il a livré le meilleur de ses amis à la fureur révolutionnaire, et il invoque ce titre comme une recommandation auprès du comité de salut public... Vous êtes déshonoré... Combien voulez-vous m'acheter cette lettre?

Le comte n'avait point la force de parler, la créole répondit pour lui :

— Cent mille francs, c'est convenu. Je sais que vous êtes riche... adieu, comte... si, dans deux heures, je n'ai pas cette somme... cette lettre ne sera plus à ma disposition, ni à la vôtre, par conséquent... adieu, comte! dans DEUX HEURES!

Magarthy disparut par une porte dérobée et le comte, prenant machinalement son chapeau, sortit précipitamment... il alla chez ses banquiers sans perdre une minute, et réussit, par un véritable prodige, à réunir la somme demandée. — Une heure après, il revint chez madame Barrière...

— La lettre! dit-il... la lettre!... voici l'argent. Madame Barrière était une femme prudente... elle compta scrupuleusement les billets, puis tirant enfin la lettre, la remit à l'infortuné comte qui n'avait pas prononcé un mot. Il ne l'eut pas plutôt qu'il se précipita dehors et arriva chez lui tout haletant. Il était désespéré! toute sa vie venait d'être souillée par cette révélation. Il monta dans sa chambre sans être vu... et après avoir fermé les portes avec soin, il se jeta dans son fauteuil... relut deux ou trois fois le fatal papier et prenant enfin son parti... il s'écria :

— C'en est fait... il faut mourir!

Et ouvrant son secrétaire il en tira deux pistolets d'arçon... et se mit à les charger.

— Les pistolets de mon père, dit-il... c'est juste! la lettre servira de bourre!...

Il allait, en effet, exécuter son projet, quand la porte céda sous une impulsion vigoureuse; son fils se précipita dans la chambre.

— Mon père... vous voulez mourir. Pourquoi? Ne niez pas... je vous ai entendu par hasard, en passant, et ces pistolets me prouvent que vous disiez vrai!

— Laisse-moi, mon fils... nous sommes déshonorés!

— Déshonorés... nous... et vous vouliez mourir seul! il y a deux pistolets, mon père... si le déshonneur est entré dans notre maison... nous mourrons ensemble... mais auparavant dites-moi, au nom du ciel, dites-moi ce qui s'est passé!...

— Lis, mon fils... lis, dit le vieillard en fondant en larmes.

Le vicomte lut avec attention le papier que lui avait remis son père... comme lui, il commença par pâlir... mais habitué à juger froidement les choses, il recommença sa lecture épelant chaque mot pour ainsi dire... Tout à coup, il pousse un cri de joie... et se jetant dans les bras du comte...

— On vous a trompé, mon père... Cette lettre n'a jamais été écrite par mon aïeul!

— Que dis-tu? c'est impossible... c'est son écriture, c'est sa signature...

— Mais non, mon père... ce n'est pas sa signature. L'écriture est admirablement contrefaite, j'en conviens... mais la signature, voyez!

Tous deux penchés sur la lettre purent lire distinctement le nom de *Buonari!*

Simon Lenoir pour cette fois s'était trompé... grossièrement trompé!

Exprimer la joie du vieillard serait une chose au dessus de notre pouvoir... Puis se ravisant, il dit à son fils :

— Mais j'ai payé cette lettre 100,000 francs!

— C'est un ignoble chantage... Il est peut-être encore temps... Le nom, l'adresse des misérables, et je me charge de rentrer dans vos 100,000 fr. Il ne faut pas que de pareils coquins emportent le prix exorbitant de leur infamie.

Le vicomte renseigné par son père arriva comme la foudre chez la fausse madame Barrière.

Il était temps... les malles étaient déjà fermées.. Simon Lenoir payait le maître d'hôtel et Magarthy mettait ses gants.

— Laissez-moi seul avec madame, dit le vicomte d'un ton si imposant, que Simon qui redoutait les explications, et l'aubergiste qui connaissait de vue et de nom M. Bonari, se retirèrent immédiatement.

— Que me voulez-vous, monsieur, et de quel droit vous présentez-vous si brusquement devant moi ?

— J'arrive à temps à ce qu'il paraît... Vous alliez partir... Mais je suis là... Choisissez maintenant, ou me rendre immédiatement les 100,000 francs, que vous avez extorqués à mon père, ou me suivre chez le procureur impérial... Votre lettre est fausse.

— Vous plaisantez — rendre — moi ! jamais ! La lettre est vraie...

— Je ne veux pas voir traîner mon nom devant un tribunal... Rendez l'argent et je vous laisse partir... Mais répondez-moi donc...

Et le vicomte poussé à bout cravacha Magarthy qui, stupéfaite de cette brusque agression, ne trouvait pas un mot à dire. Alors M. de Bonari ouvrant la fenêtre, lui dit de façon à ne pas laisser de doute dans son esprit :

— Décidez-vous, ou j'appelle la garde et je vous fais conduire chez les magistrats.

— Soyez maudit, proféra Magarthy : puis jetant un portefeuille au milieu de la chambre, elle se dirigea vers la porte...

— Un instant, dit le vicomte, il manque deux mille francs.

Il s'était placé devant la porte. La créole l'eût tué avec volupté ; mais elle n'était pas la plus forte, elle posa deux rouleaux de mille francs sur la table.

Le vicomte mit la somme dans sa poche, et cédant à un mouvement de fureur plus fort que lui, il administra à Magarthy, quelques nouveaux coups de cravache vivement cinglés, et sortit en cherchant des yeux Simon Lenoir, que son père lui avait signalé comme complice. Il voulait le gratifier de quelques marques d'adieu ; mais celui-ci, relégué au fond du cabaret d'en face, après avoir entendu siffler la cravache sur la robe de sa maîtresse, n'eut garde de se montrer.

Le soir de ce jour mémorable, Simon et la fausse madame Barrière roulaient vers Paris. Magarthy se frottait le dos — c'était la seconde fois, depuis sa sortie de Bourbon, qu'elle était cravachée.

— Je n'ai pas de chance avec les vicomtes, murmurait-elle !

— Cent mille francs de perdus, soupirait Simon.

— Bah ! nous les retrouverons.

— Mais comment ? Le chantage ne vous réussit guère depuis quelque temps... Et puis vous n'avez plus que fort peu de lettres, qui sont pour la plupart insignifiantes... Les meilleures sont usées.

— J'ai mieux que tout cela Simon, j'ai de quoi refaire ma fortune, et arriver peut-être à la considération !

— Quel est donc ce secret, murmurait Simon?

— Ce secret, c'est un bonheur dont je ne faisais encore que me douter, mais dont j'ai depuis hier la certitude absolue... Dans une quinzaine de jours, je pourrai difficilement le cacher... je suis enceinte de quatre mois!

Magarthy prononça ces mots d'un air triomphant... On était arrivé à Paris, que Simon se demandait encore en quoi la grossesse de Magarthy pouvait lui donner la fortune. Il n'y comprenait rien. Magarthy embrassa ses enfants et s'enferma avec Simon dans ce qu'ils appelaient leur laboratoire. Là, Magarthy allait expliquer à Simon la manière de *se servir* d'une grossesse.

. . . .

Quant aux Bonari, il y a longtemps aujourd'hui que cette histoire de chantage est oubliée. La famille modèle est rentrée dans son calme habituel, et le bonheur continue à habiter chez eux.

X

LES PÈRES A L'ÉPREUVE

Nous avons laissé notre héroïne en tête à tête avec Simon Lenoir... C'était suffisamment prévenir le lecteur qu'il s'agissait d'une nouvelle combinaison dont la réussite devait nécessairement être fatale à quelqu'un. Voici donc ce qui résulta de ce conciliabule secret. Quatre lettres, ou plutôt quatre circulaires furent écrites par l'ancien galérien.

Nous reproduisons textuellement un des originaux que le hasard à fait tomber entre nos mains, pour mettre le lecteur au courant de la nouvelle machination de Magarthy.

« Monsieur et cher ami,

« J'ai le cœur inondé de joie, et je ne sais cepen-
« dant pas si ma lettre vous causera un peu de
« plaisir. Nos relations dont la mémoire m'est au-
« jourd'hui doublement chère, ont été les plus
« heureux moments de ma vie. Le ciel a-t-il voulu
« me punir ou me récompenser de vous avoir si
« tendrement aimé... Je ne sais. Cependant, en
« interrogeant ce cœur qui fut tout à vous, je n'y
« trouve que des souvenirs agréables, et rien qui
« ressemble à un regret ou à un remord. X..., je
« vous ai aimé comme je n'avais jamais aimé per-
« sonne... Je me suis donnée tout entière à vous,
« parce que je vous jugeais noble et bon... et au-
« jourd'hui, je vous aime encore plus que jamais,
« car vous m'avez donné un gage sacré de votre
« amour... En un mot, X..., je vais bientôt être
« mère... Voici pour moi une nouvelle source de
« devoirs et de soins... mais ces soins et ces de-
« voirs me seront doux à exercer, puisqu'ils auront
« votre enfant pour objet. Cher et noble ami, dans
« cette circonstance, j'ai pensé que je devais vous
« instruire de ma position... Votre cœur m'est
« bien connu, et je devine que vous ne laisserez
« pas cet enfant, le vôtre, sans appui et sans sou-
« tien dans le monde. Je suis presque ruinée, mon

« pauvre ami... Deux banqueroutes successives...
« un vaisseau perdu... m'ont réduite à cette dure
« nécessité de vous implorer pour le petit être que
« je porte dans mon sein. J'eusse été bien fière
« d'avoir seule le fardeau de l'éducation de celui
« qui va naître, mais le ciel en a ordonné autre-
« ment... Il faut que j'aie recours à vous, ami,
« pour me venir en aide de toutes vos forces. Je
« ne doute pas que vous ne soyez touché de cette
« nouvelle et que vous ne preniez immédiatement
« les mesures nécessaires pour assurer le bonheur
« et l'avenir du petit être que Dieu *nous* a envoyé.

« Répondez-moi de suite, je meurs et me désole
« loin de vous...

« OCTAVIE B^ne^ DE TALIN. »

Cette lettre copiée trois fois par le secrétaire de notre héroïne, fut envoyée à chacun des quatre amants que Magarthy avait au moment de son départ de Paris pour l'Allemagne. La première était à l'adresse de M. Prissé, sur lequel, avec l'audace des filles de cette espèce, elle osait encore compter; la seconde fut envoyée au jeune peintre dont nous avons parlé plus haut, la troisième à un avocat célèbre dont nous devons taire le nom bien connu, et enfin, la quatrième à Tayeur, le financier que nous avons déjà rencontré chez la duchesse de Fulgence.

Prissé renvoya la lettre sans réponse.

Le jeune peintre écrivit qu'il était désolé, mais qu'obligé de partir le jour même pour l'Italie, il se trouvait dans la nécessité de ne pouvoir offrir à madame Octavie de Talin que des vœux sincères pour le bonheur de son enfant.

L'avocat écrivit une lettre alambiquée, où il exposait que la maternité imposait des devoirs rigoureux « à une femme... Votre position, ajoutait-il, « est fort intéressante... Je n'oublierai jamais que « je vous ai connue riche et dans une position bril- « lante... Si vous voulez bien accepter 2,000 francs « d'un vieil ami, je les joins à ma lettre. Il est inu- « tile de m'en accuser réception. Je pars pour « quelque temps, et à mon retour j'enverrai pren- « dre de vos nouvelles. »

Magarthy se mordait les lèvres en lisant l'une après l'autre ces lettres qui étaient par le fait des fins de non-recevoir bien claires et bien nettes. Elle se répandit en plaintes amères contre l'injustice et le manque de cœur de certains hommes, et elle était dans le paroxisme de la colère, quand on lui remit la quatrième réponse.

— Ah! enfin! s'écria-t-elle!.. Nous allons voir si celui-ci aussi m'abandonne.

C'était une lettre de Tayeur... Le vieillard avait été épouvanté en recevant la circulaire de Magarthy...

Il avait entrevu tout un abîme de responsabilité, d'exigences et peut-être de scandales. Cependant, il écrivit immédiatement à la créole une lettre qui ne contenait que ces quelques mots :

« Amie,

« Êtes-vous bien sûre de ce que vous me dites?
« J'espère encore que non ; cependant, si cela est,
« comptez sur mon amitié... Je suis tout à vous...
« Que faut-il faire? »

« — Venez à l'instant, lui fit répondre la
« créole! »

Tayeur obéit et se rendit au domicile de la rusée quarteronne qui le reçut à bras ouverts.

Après l'avoir fait asseoir auprès d'elle, Magarthy commença, en ces termes, un discours longuement préparé :

— Écoute, mon ami, écoute-moi sans m'interrompre. Jusqu'ici, tu m'as aimée, pas autant que je l'aurais désiré,... c'est vrai, mais tu m'as aimée. — Le moment est venu de me donner une preuve de ton amour et de me récompenser de tout le bonheur que j'ai voulu te donner. Pendant cinq mois peut-être, je vais être obligée de me cacher à tous les yeux. Je ne veux pas que ma famille, que mes enfants en un mot, s'aperçoivent de rien. Je vais donc feindre un voyage à l'île Bourbon, et, laissant ici mes filles sous la surveillance de leur oncle et de leur tante, j'irai me fixer dans une petite solitude que tu viendras égayer, lorsque tu le voudras. De temps en temps, tu passeras par ici, voir un peu comment les choses iront en mon absence. Mézélie a de la tête, et je ne redoute rien de son côté. Mais il faut de l'argent et, je te l'ai dit, je suis ruinée. Quand tout sera fini, je reviendrai prendre ma place auprès de mes filles... J'ai compté sur toi, le père de mon enfant, pour arranger tout cela pour le mieux... Ne me refuse pas, ou, dans mon désespoir, je serais capable de tout... même d'aller me jeter aux pieds de ta femme, de lui avouer la vérité, de l'implorer pour mes enfants et de me tuer ensuite, en te laissant le repentir de ma mort et les reproches de ta femme. Voilà ce que je ferai si tu hésites... Réponds-moi... mon sort est dans tes mains...

Tayeur écouta, tout ahuri, cette harangue. Il connaissait Magarthy... malgré le voile que son caprice pour elle, et surtout son amour-propre avait étendu sur ses yeux, il la savait parfaitement capable d'accomplir sa menace, au suicide près! — Il finit donc par céder, et voici ce qui fut convenu entre eux.

Magarthy irait habiter à Trouville où à Étretat une petite maisonnette quelconque; lui, de son côté, serait, pendant le laps de temps nécessaire aux couches de Magarthy, le banquier de la maison de Paris.

Tout fut exécuté ainsi. Magarthy fit venir ses enfants et leurs soi-disant grands parents. — Mézélie connaissait déjà Tayeur pour l'avoir vu chez madame de Fulgence. — Elle ne trouva donc pas étonnant que sa mère le chargeât d'une sorte de tutelle... La créole annonça son prochain départ, qu'une nouvelle reçue de Bourbon rendait indispensable. — Les enfants pleurèrent. — Ils voulaient accompagner leur mère. — Mais Magarthy leur fit comprendre qu'il s'agissait d'un intérêt tout puissant et qu'il était nécessaire qu'elle partît seule. Tayeur, de son côté, leur promit de venir très souvent les voir et de leur procurer, au nom de Magarthy, qui avait placé ses fonds chez lui, tout le bien-être possible et toutes les distractions qui leur paraîtraient convenables. Enfin, tout fut réglé de manière que Magarthy, trois jours après, était installée à Étretat dans une charmante villa louée par Tayeur. Alors tranquille sur le sort de ses enfants, elle attendit patiemment le moment solennel. Elle attira le plus souvent qu'elle put le vieux Tayeur et finit par prendre un empire incroyable sur le millionnaire, — qui restait quelquefois plusieurs jours de suite à Étretat.

Laissons-la, dans sa maison de campagne, et faisons une plus ample connaissance avec les principaux personnages de cette histoire.

XI

LE FINANCIER TAYEUR

Tayeur est un des types les plus complets du parvenu. Ses commencements ont été rudes. Fils d'un petit commerçant du Dauphiné, il avait voulu tenter la fortune à Paris et il était débarqué avec dix francs en poche, il s'en vantait souvent, dans la capitale. Placé dans une boutique de mercerie de la rue Saint-Denis, son zèle et son intelligence le firent remarquer de ses patrons. Au bout de deux ans, il était premier commis, et la fille de la maison, qui plus tard devait être madame Tayeur, avait pour lui de tendres regards où le Dauphinois puisa l'audace de la demander en mariage. Après quelques hésitations ayant pour cause la pauvreté du prétendant, les parents qui chérissaient leur fille par dessus tout, donnèrent leur consentement et peu de temps après, laissèrent aux jeunes époux, le fonds de commerce où ils avaient acquis une certaine aisance. Tayeur se défit avantageusement de ce fonds parfaitement achalandé. Alors en possession d'un capital sérieux, il se lança dans les grandes spéculations... Il fut du nombre des heureux acquéreurs des terrains de Saint-Lazare qui devaient en peu d'années centupler de valeur... Une fois le premier million gagné, le *Rubicon* était franchi... seulement il l'avait franchi en compagnie d'honnêtes gens... car — chose digne de remarque, dans la vie d'un financier! — jamais Tayeur ne se rendit coupable de la moindre action déloyale. Il continua ses spéculations, mais cette fois il se tourna du côté des affaires purement industrielles... Principal actionnaire de plusieurs manufactures importantes, il ne tarda pas à donner un compagnon à son premier million... La chance lui fut presque toujours fidèle... Il méritait d'obtenir les faveurs de la fortune; sage, économe sans avarice, intelligent et d'une probité à toute épreuve, Tayeur était le modèle des hommes d'argent. Mari plein d'égards, père tendre et prévoyant, — il était cité partout et par tous. Ajoutons qu'il était puissamment secondé par sa femme, la plus vertueuse et la plus laborieuse des épouses.

A l'époque où se passe cette histoire... madame Tayeur avait de 45 à 50 ans. Elle était plutôt grande que petite, mais elle avait dû être fort belle dans sa jeunesse. La placidité de sa vie se lisait sur sa figure ronde et sans rides. Son teint était clair, ses yeux vifs, et ses cheveux qui commençaient à grisonner étaient bien fournis. Toute l'existence de madame Tayeur avait eu pour base le mot *devoir!* Et pour elle ce n'avait pas été une chose pénible, ç'avait été, au contraire, un bonheur constant. Elle aimait son mari de toutes les forces de son âme; mais elle l'aimait saintement. Nature calme, sans être froide, elle n'avait jamais vu dans son union avec Tayeur autre chose que le droit d'adorer et de rendre heureux l'époux qui lui était cher. Et de ce droit, elle avait largement usé. Pendant vingt-cinq ans, compagne assidue de son mari, elle avait partagé sa bonne et sa mauvaise fortune. Choisissant toujours la grosse part dans les fatigues, elle ne recherchait aucun plaisir en dehors de sa maison. L'univers pour elle, c'était sa famille. — Un fils et deux filles étaient venus redoubler son ardeur au travail. — En mère prévoyante elle avait voulu, malgré une fortune déjà très grande, que ses enfants — je parle des filles, bien entendu, — prissent part aux travaux de la maison. C'étaient *ses femmes*, comme Tayeur les appelait plaisamment, qui tenaient ses livres et sa caisse. — A elles trois, elles avaient fini par constituer un bureau que bien des banquiers enviaient à Tayeur. Aussi quand il fut arrivé au modeste chiffre de 12 millions, qu'il s'était fixé pour maximum, répétait-il souvent. — J'ai 12 millions, mais, là-dessus, j'en dois bien neuf à ma femme! Quant à Casimir, il venait de finir son droit, et était stagiaire, en attendant mieux.

Tayeur n'était pas seulement un homme d'une haute capacité financière, il avait encore du bon sens et même de l'esprit. Il eût pu, comme il est arrivé à d'autres, marier ses filles à des princes, mais il eût appelé cela *déroger* et il avait raison. Lui, parvenu à être un des rois de la finance, grâce à son travail et à son mérite seuls, il eût regardé comme humiliant d'acheter, à ses enfants, un titre pompeux et de redorer les blasons de quelques grands seigneurs ruinés.

Madame Tayeur partageait les idées de son mari, aussi approuva-t-elle le choix qu'il fit de deux gendres, peu riches il est vrai, mais pleins d'honneur et de probité, dont il dirigea les premiers pas et qui, de collaborateurs actifs furent bientôt à même de voler de leurs propres ailes.

L'intérieur de la famille Tayeur était donc charmant à contempler; l'union la plus parfaite régnait entre tous les membres de cette arche modèle. Les deux gendres étaient spirituels, gais et distingués, sans morgue. Les deux jeunes femmes chérissaient la famille aussi, malgré les distractions imposées par une grande fortune dont Tayeur savait faire un noble emploi, c'était toujours avec joie qu'on se retrouvait tous en petit comité.

Madame Tayeur était le modèle des mères et des maîtresses de maison. Affectueuse pour les siens, affable pour les autres, elle avait dans la physionomie quelque chose de digne qui imposait. Elle aimait les honnêtes gens et ne souffrait pas que ses salons fussent envahis par des personnes douteuses. Cependant elle était indulgente, mais sans faiblesse, — surtout pour elle-même. — Elle croyait en son mari comme en Dieu; aveugle et sourde pour tout ce qui avait rapport à ce dieu du foyer, elle avait mis toute sa confiance en cet homme, jusque-là, digne du respect et de la considération de tous.

Telle était la famille Tayeur peu de temps avant l'époque où celui-ci fit la connaissance de Magarthy.

[illegible]

[illegible]

[illegible]

XII

LA PREMIÈRE GOURME

La vie à de singuliers revirements.—Nous avons vu Tayeur sage, laborieux et tout entier à ses devoirs. — Comment se fit-il que tout d'un coup le financier se lança dans les débordements et dans les plaisirs? Lui, si réservé jusque-là, devint en peu de temps un véritable viveur. Il avait attendu longtemps, dira-t-on; mais il se dédommagea dans sa vieillesse des privations de sa maturité. Riche à millions, il se jeta à corps perdu, à près de soixante ans, dans le monde bruyant des lions à la mode. Il se fit recevoir membre du jockey-club, et les coulisses de l'Opéra comptèrent un hôte assidu de

plus. Il fut de tous les soupers, de toutes les parties fines et protégea successivement plusieurs célébrités du corps de ballet. — Il pouvait sans crainte se livrer à de grandes dépenses, ses douze millions étaient un oreiller sur lequel il pouvait reposer en toute sécurité. Ses salons déjà fort à la mode, prirent encore un nouvel éclat. Il chercha la renommée dans le faste et la publicité. Se posant en Mécène, il donna de grands dîners aux journalistes et aux auteurs en vogue, en même temps qu'au monde politique et financier de l'époque. Il eut les plus belles écuries de Paris, ses équipages étaient cités. — Il fit enfin courir et, comme la chance est toujours favorable aux riches, il gagna des sommes considérables. Loin de s'inquiéter de son existence nouvelle, sa femme l'encourageait, au contraire : elle lui disait souvent. — « Tu as bien assez tra-
« vaillé—tu peux t'amuser maintenant... tu es assez
« millionnaire pour te passer toutes tes fantaisies... « Je ne te demande qu'une chose : ménage ta
« santé, sois-moi fidèle, car une infidélité — voilà
« la seule chose que je ne te pardonnerais pas : —
« à quarante-huit ans, j'ai toutes les susceptibi-
« lités de la jeunesse, mais je suis tranquille. Ton
« passé me répond de l'avenir, et tu ne voudrais
« pas par une conduite scandaleuse me faire mou-
« rir de chagrin, déshonorer ta vieillesse et la

« nom que tu as rendu si respectable et si res-
« pecté! » — Sur ce, Tayeur embrassait sa femme au front, et tout était dit. Madame Tayeur était d'une grande et solide piété. — Cependant elle était plutôt *droite*, rigide et loyale que dévote, en un mot, c'était une femme forte. — Elle avait horreur du vice et ne transigeait jamais avec lui. — Incapable d'une trahison, elle eût rougi et se fût accusée comme d'un crime, de soupçonner la conduite de Tayeur.

Elle faisait les honneurs de ses salons avec une grâce parfaite. Pour Tayeur, ses dîners et ses réceptions étaient la chose la plus importante de sa vie. Très méticuleux, il apportait un soin infini à la composition de ses concerts... Il réglait, dans le silence du cabinet, les morceaux, les airs variés, comme il réglait le service des repas. Souvent une soirée à donner lui coûta plus de réflexions que ne lui en eût coûté l'emprunt ottoman ou la création de quelque grande usine. Il fallait compter deux jours d'études pour un concert, et une longue matinée de méditations pour un grand dîner. Depuis qu'il était riche, par une bizarrerie incroyable, les choses sérieuses étaient ce qu'il faisait le plus vite, le plus légèrement. — Mais un dîner, un cheval, une voiture, voilà ce qui lui prenait la plus grande partie de son temps. — Aussi ses jeudis étaient-ils renommés, et sa galerie de tableaux était-elle un sujet de conversation générale. — Cependant, il n'était pas prodigue, au contraire, il était presque économe, si on peut appliquer ce mot à un homme douze fois millionnaire. Il faisait de petites pensions à ses parents pauvres, il ne marchandait pas une cavatine de la Patti, ou un air de l'incomparable ténor Naudin, mais il savait parfaitement maintenir son budget en équilibre, et jamais ses dépenses ne dépassèrent ses ressources. Son capital restait toujours intact.

Jusqu'alors, dans ses amours faciles, il n'avait pas rencontré de cruelles, — mais il lui était réservé de subir coup sur coup deux échecs qui devaient vivement froisser l'amour-propre du vieux millionnaire.

Je veux vous les raconter tous les deux.

Il y avait alors à l'Opéra une chanteuse de grand mérite que nous ne désignerons que sous les initiales G. D. pour dérouter les curieux. Son cœur était vivement disputé par deux assaillants obstinés, riches tous deux, mais vieux tous les deux aussi. Cette lutte amusait fort les membres du jockey-club qui étaient au courant de l'intrigue et en attendaient le dénoûment avec anxiété. — L'un des deux soupirants était Tayeur, l'autre le baron de V... si connu par sa perruque bouclée. — Les deux antagonistes, qui avaient de bonnes raisons pour ne pas trancher la question par les armes, se faisaient la guerre à coups de billets de banque. Depuis deux mois, ils écrivaient lettres sur lettres. — Ils faisaient des offres royales; mais ils ne recevaient de réponses ni l'un ni l'autre. Bref, il se piquèrent si bien au jeu, que cette petite guerre faillit leur causer une maladie. A chaque lettre restée sans réponse, ils se disaient, chacun à part soi..

« — C'est que je n'offre pas assez ! »

Enfin, un jour, poussés à bout tous les deux, ils adressèrent, chacun de son côté, à madame G. D. une dernière lettre contenant une offre de 100,000 francs *comptant* pour une seule entrevue. Le hasard avait voulu que les deux rivaux offrissent la même somme.

Le lendemain Tayeur recevait un petit billet parfumé ainsi conçu :

« Mon cher monsieur,

« J'ai reçu votre lettre. — Je vous porterai la
« réponse demain soir, à 8 heures. — Pour ne pas
« *nous* compromettre, voici ce que j'ai décidé. —
« Vous irez à huit heures sur le boulevard Bonne-
« Nouvelle, hôtel Beauséjour, on vous donnera la

« clef du n° 14, vous la laisserez sur la porte et
« vous m'attendrez. — Je serai exacte.

« G. D. »

Tayeur tressaillit de joie en lisant ce billet. Enfin, il triomphait. — Toute la journée, il fut fou. — Il rencontra, à la bourse le baron de... et lui fit un salut protecteur, que l'autre lui rendit avec un sourire narquois.

— Oh! il y a du nouveau, dit un banquier qui passait. Voilà les Grecs et les Troyens qui se saluent. — C'est grave!

Après avoir fait une toilette éblouissante, Tayeur, ses cent mille francs en poche, se rendit, à huit heures précises, à l'hôtel Beauséjour. — Il se nomma et le maître d'hôtel lui remit mystérieusement une clef et lui dit à l'oreille :

— Au n° 14. — Il y a du feu et de la lumière!

Tayeur gravit les degrés avec la vivacité d'un jeune homme et, se conformant aux prescriptions contenues dans la lettre, il laissa la clef sur la porte. Puis il s'enfonça dans un fauteuil moelleux et se mit à relire, pour la centième fois, le billet parfumé de la cantatrice.

Il y avait un quart d'heure environ qu'il était en contemplation devant le premier papier lorsqu'il entendit tourner doucement la clef dans la serrure.

— Quelle exactitude! pensa Tayeur et il se leva précipitamment, les bras ouverts et la bouche en cœur.

Mais, ô stupéfaction! Ce ne fut pas la charmante chanteuse qui se présenta à ses yeux. C'était un homme qui, ainsi que lui, restait, les bras en l'air et la physionomie hébétée par la surprise :

— Le baron!

— Tayeur!

Ces deux exclamations n'en firent qu'une seule, et les deux rivaux allaient entamer une explication qui promettait d'être curieuse, quand on frappa doucement à la porte.

— Entrez, dirent les vieillards palpitants d'émotion

La porte se rouvrit et le même maître d'hôtel, qui avait remis la clef à Tayeur, s'avança sur la pointe du pied, en mettant un doigt sur sa bouche, jusqu'à un petit guéridon placé au milieu de la chambre. Sur ce guéridon, il déposa un plateau d'argent dans lequel était placé une lettre cachetée et, se retirant à reculons, aussi mystérieusement qu'il était entré, il dit en fermant la porte :

— Lisez, messieurs!

S'approcher de la table, décacheter la lettre et la lire, fut pour les deux vieillards l'affaire d'un moment. Côte à côte, tenant chacun un côté du papier, ils lurent ensemble à demi-voix ce qui suit :

« Messieurs,

« Vous m'avez offert chacun 100,000 francs. Je
« ne me vends pas. Je vous mets face à face ce
« soir, regardez-vous bien, et vous comprendrez
« chacun que je ne puis me donner à l'autre.
« Je vous promets la discrétion, mais cessez de
« me poursuivre et croyez à mes regrets — vrai ! *je*
« *ne peux consciencieusement pas.*

« G. D. »

— On se moque de nous, dit Tayeur.

— J'en ai bien peur, répliqua le baron.

Et les deux vieillards sortirent ensemble, puis, après s'être gravement salués sur le boulevard, ils tirèrent chacun de leur côté, la rage au cœur. Tayeur manqua d'étouffer dans la nuit et mit sur le compte d'un souper qu'il n'avait pas fait, le malaise qu'il éprouvait.

Le baron de... eut la jaunisse.

XIII

LE DEUXIÈME ÉCHEC

Le lecteur a sans doute oublié Berthe Legrand, que nous n'avons fait que lui présenter en courant dans notre premier volume. Nous reprendrons donc les choses d'un peu haut, pour la faire mieux connaître. — Berthe Legrand était la fille d'une sœur de Tayeur, sœur d'un premier lit, il est vrai, car son père, devenu veuf, s'était remarié et lui avait donné des frères et des sœurs qui ne l'aimaient que médiocrement. La pauvre enfant s'était brouillée avec toute sa famille, par suite d'un mariage conclu contre le gré de ses parents. Elle vivait donc modestement dans le département de l'Ardèche, dans un élégant et poétique chalet. Mais le malheur semblait s'être acharné après elle. Son mari, qui avait placé tous ses fonds dans l'industrie, se vit presque complétement ruiné par une banqueroute considérable, et, de plus, une chute de voiture le rendit estropié pour le reste de ses jours.

La courageuse Berthe travaillait pour deux et suffisait aux besoins du ménage. Plus fière encore après sa ruine, madame Legrand ne voulut pas en appeler à sa famille, et dédaigna de se rappeler au souvenir de ceux qui semblaient vouloir complétement l'oublier. Un beau jour, je ne sais comment, Tayeur se rappela cette jeune parente pauvre, qu'il n'avait pas vue depuis dix ans. La grâce, l'esprit et la beauté de madame Legrand, étaient restés à l'état de tradition dans la famille. Huit jours après, Tayeur partait pour l'Ardèche, et je laisse à penser quelle fut la surprise de la jeune femme, en voyant arriver ce visiteur inattendu. Cependant elle ne laissa pas que d'être touchée de cette démarche.

Tayeur s'installa quelque temps dans l'ermitage des Legrand, et entama la négociation à peu près dans ces termes :

— Ma belle enfant prodigue... Il faut revenir parmi nous ! Pourquoi vous ensevelir dans ce coin désert et ignoré du monde? Votre esprit, vos grâces, vos talents doivent resplendir au grand jour, en plein soleil parisien. Je me charge de vous réconcilier avec votre père, qui est presque mon parent, par suite de son premier mariage avec ma sœur... avec vos frères... avec toute la famille, en un mot. Vous avez voulu vous marier à votre fantaisie. Tant que vous avez été dans l'aisance, je suis resté neutre. Aujourd'hui la ruine frappe à votre porte, me voilà. Votre mari ne peut refuser son consentement. Je lui ai trouvé une place considérable dans une des premières maisons de banque de Paris. C'est à Paris seulement que vous aurez un cadre digne de vous. Vous brillerez au milieu de nos fêtes parisiennes, et chacun s'empressera de venir saluer l'étoile nouvelle. Vous avez vingt-quatre ans; il vous faut les joies de votre âge; votre position, celle que je déciderai votre père à vous faire, vous permettra de rivaliser de toilette et de luxe avec nos plus jolies femmes à la mode. Et les bals costumés! Quels succès je vous prédis! Il me semble vous voir en reine de Saba, en Afrique, ou en impératrice de la Chine.

Malgré tout cet étalage pompeux, Berthe hésitait. Elle avait eu tellement à souffrir de l'abandon, du dédain des siens! Il y avait si peu d'affinités entre sa belle-mère et elle, qu'elle se sentait peu disposée à rentrer dans sa famille, même par la grande porte. La femme de son père avait été dure pour elle, et l'idée de vivre presque sous le même toit, lui semblait impossible à réaliser. D'ailleurs, son père lui-même ne lui avait jamais témoigné que de la froideur. Elle se sentait isolée au milieu de tous ces parents qui, excepté son père, n'avaient que peu d'affection pour elle. Belle-mère, demi-frères et sœurs, cousins aux troisième et quatrième degrés, rien ne présentait à son esprit l'image d'une véritable famille.

Tayeur ne se lassa point. M. Legrand, de son côté, ravi de la perspective d'un emploi inespéré, se joignit au vieux cousin. Enfin, obsédée par Tayeur, par son mari, par quelques amis raisonnables, et, disons-le aussi, un peu tentée de connaître cette vie de plaisirs perpétuels que lui promettait le manufacturier, elle surmonta sa répugnance et se décida à partir pour Paris avec M. Legrand, qui faisait des rêves d'or. Ce fut la seule occasion dans sa vie où Berthe cessa d'être elle-même. Oubliant ses projets de solitude studieuse, laborieuse et indépendante, subissant la pression de ceux qu'elle aimait, pour la première fois de sa vie, elle parut abdiquer sa belle et indomptable fierté.

A Paris, le mari fut placé comme il avait été convenu, et Tayeur décida habilement son beau-frère à lui louer pour sa fille un charmant pavillon à deux étages, attenant à ses propres bureaux. Les soirées, les bals, les fêtes se succédèrent sans interruption, et cependant les relations de Berthe avec les siens restèrent froides et contraintes. Il n'en pouvait être autrement: Ce n'est jamais impunément qu'on s'est haï, méprisé, attaqué, dénigré pendant huit ou neuf ans. Il reste toujours au fond du cœur un levain de discorde. Les querelles sont apaisées, mais la rancune leur survit, comme la suie s'attache aux tuyaux et y reste bien longtemps après que les feux sont éteints. Le cœur de certaines personnes qui ressentent fortement, garde longtemps ses impressions. Et si nous ne craignions pas de paraître trivial, nous dirions qu'il y a certaines natures qui ne se *ramonent* pas. Berthe était rancunière, et quoiqu'elle fût capable peut-être à la longue de pardonner une offense, il lui était impossible de l'oublier.

Son caractère avait plu beaucoup à la duchesse de Fulgence, à qui Tayeur l'avait présentée aussitôt son retour, et ces deux femmes qui avaient beaucoup de points de contact, s'étaient liées d'une véritable amitié, quelque peu maternelle de la part de la duchesse, presque filiale de la part de Berthe, mais amitié réelle. Berthe avait la plus grande confiance en la duchesse; elle lui disait toutes ses pensées, toutes ses rêveries... Elle était presque orpheline. Son père ne l'aimait guère et ne lui faisait jamais qu'un froid accueil. Ses frères et ses sœurs étaient pour ainsi dire des étrangers pour elle. Elle donna donc à la duchesse toute la somme d'amour qu'elle ne pouvait dépenser en famille. La duchesse la chérissait, et rien n'était plus gai que leurs entretiens. Toutes deux rieuses et même un peu satiriques... Elles sympathisaient parfaitement.

Les choses en étaient là et l'installation à Paris avait eu lieu, quand Berthe disparut tout à coup de la société parisienne et retourna à la campagne, sans prévenir personne, et quoique son mari fût resté à son poste. Pourquoi ce départ subit d'une ville où elle s'était créé, en peu de temps, des amis dévoués, des relations brillantes, une influence réelle dans les choses d'art et d'intelligence?

Nous allons en esquisser la cause en peu de mots.

Aussitôt que Tayeur vit la famille Legrand bien et dûment établie dans son pavillon, il profita largement du service rendu et, sous le prétexte de conseils affectueux il était toujours chez sa cousine. Là il discutait tous les pas, toutes les démarches. Aucune action, si simple qu'elle fût n'était accomplie qu'après avoir passé par un contrôle sérieux. Bref, Tayeur se posa tout à la fois en tuteur, en ami sévère, en parent méticuleux et réussit à s'incruster dans la maison de ses locataires. La pauvre Berthe souffrait de ce contrôle incessant, mais elle le subissait par un sentiment de reconnaissance. Les exigences du bonhomme étaient infinies et il fallait en passer par où il voulait... Il avait été si bon et si généreux pour ses cousins! — Nous donnerons, entre mille, un exemple des minuties où Tayeur se complaisait. *Le menu* du dîner, nous l'avons déjà vu, était, chez lui, l'objet de ses plus grandes préoccupations, aussi fit-il subir à la pauvre Berthe, *chez elle*, tout un cours théorique et pratique sur l'importance du choix des mets et sur la nécessité de mettre les plats en rapport avec les différentes classes de convives. C'était puéril, mais amusant à écouter une fois. Ainsi, il proscrivait les œufs brouillés des dîners de famille; — pour les députés, il recommandait de multiplier les hors d'œuvre... mais d'éviter avec le plus grand soin de servir des boulettes ou des brioches; — les sénateurs devaient s'asseoir devant un dîner imposant et solennel... Volaille, gibiers, homards, truffes et pâtés de foie gras de Strasbourg, Bordeau-Laffitte, Médoc, Johannisberg et au dessert une pièce montée représentant soit un temple grec, soit un navire (le navire de l'État) — soit un char — (le char de l'État), et surtout ne pas oublier le portrait du souverain en sucre! — Le dîner d'ecclésiastiques était le plus compliqué de tous. Chapons, truites saumonnées, pâtés de thon, huîtres de Marennes, pets-de-nonnes, écrevisses, anchois, crêmes diverses, confitures, meringues, ananas, fruits confits et vins de liqueur? — Le dîner d'hommes de lettres devait être modeste quoique abondant... Vins généreux et cuisine épicée. — Pour les musiciens, soigner la pâtisserie et les entremets... Ne pas oublier l'omelette soufflée, les gâteaux feuilletés et les vol-au-vent! Beaucoup de vin... Inutile de choisir les crus... Café fort et cave riche en cognac, rhum et kirsch. — Dîners d'employés : Bouilli, une dinde, salade, pommes de terre, haricots, fromage, vin ordinaire... biscuits et une ou deux bouteilles de champagne non frappées! — Pour les bureaucrates et les professeurs, une cuisine simple et modeste... soupe grasse, bouilli, poulets rôtis... un biscuit de Savoie... salade de chicorée avec un chapon-d'ail! Pommes, fromage de Gruyère et des mendiants!

On ne risque l'omelette au lard, et la salade d'orange qu'avec des parents de la campagne!

Il est impossible de dire toutes les inventions saugrenues qui peuplaient le cerveau de Tayeur. Et ce qu'il y a de plus curieux c'est que ses théories qui semblent stupides à la lecture prenaient une certaine solennité dans sa bouche. Tayeur était méticuleux, il cherchait en tout la quintessence... C'était un maniaque. Aussi tous ces petits détails étaient odieux à la pauvre madame Legrand qui avait une nature vive et pleine de spontanéité... une nature d'artiste! Aussi, lorsqu'elle apercevait son *tuteur* qui venait, dès 10 heures du matin, discuter *son* menu... Berthe sentait la migraine entrer avec lui! Elle qui, en cinq minutes, aurait commandé un dîner de soixante personnes, laissant à la discrétion et à la sagesse du cuisinier la responsabilité du repas, elle frémissait d'impatience en écoutant quelquefois jusqu'à une heure de l'après-midi les longues dissertations du père Tayeur. Mais elle se contenait, elle avait si peur de se montrer ingrate...

Pour ses soirées, pour ses petites réunions de famille, c'était la même chose. L'inévitable bienfaiteur recommençait à trancher, à conseiller... à redoubler les maux de tête et les mouvements nerveux de sa victime. — La liste des invités était discutée comme avait été discuté le menu! On ne pouvait recevoir le jeune A.... parce qu'il pensait mal... Il fallait biffer madame B.... parce qu'elle était séparée de son mari... Comment recevoir C.....? Il amène toujours sa femme et elle est si bavarde! — Quant à D.... il a pris dans les ateliers un ton trop artistique — rayé! Pour E.... c'est un charmant homme; mais il joue trop gros jeu... Cela compromet un salon qui se respecte..., etc., etc., si bien que Berthe et son mari allaient finir par n'inviter en réalité que les personnes choisies par Tayeur!

Au fond de tout, nous croyons que le vieux Tayeur était silencieusement amoureux de sa pupille... Toutes ces taquineries n'avaient d'autre but que de lui permettre de passer de plus longues heures avec Berthe! Celle-ci s'en apercevait-elle? Nous l'ignorons! on le lui disait quelquefois, elle riait de ces propos. — Mais si jamais sa pensée se fût arrêtée sur un pareil sujet, nul doute qu'elle n'eût éclaté de rire au nez du vieillard, de même que la duchesse de Lussan, au nez de Jacques Ferrand, se risquant à une déclaration bouffonne. — Ainsi que l'héroïne d'Eugène Sue, Berthe avait peut-être un vicomte de Saint-Rémy... ou, du moins, sinon un amant,... un ami qu'elle préférait aux autres! Elle vivait en excellents termes avec son mari; mais leur intérieur ressemblait à celui de la plupart des ménages parisiens. Absent tout le jour pour les affaires de sa maison de banque, M. Legrand ne rentrait qu'à l'heure du dîner... Le soir, il se faisait conduire au cercle, et quand il revenait, s'il était de bonne heure, madame n'était pas rentrée et s'il était tard, madame dormait. Elle eût donc été bien libre de disposer de son cœur ; mais cela lui eût été difficile avec une sentinelle comme Tayeur. On eût dit qu'il avait le méchant génie de Bartholo... Si, par hasard, madame Legrand se trouvait deux minutes seule avec le baron d'Overghost ou avec toute autre personne soupçonnée de lui faire la cour, la sonnette retentissait soudain et Tayeur faisait son entrée.

Pendant que madame Legrand dépérissait d'ennui sous la pression de cette amitié tyrannique, Tayeur jouissait en public d'une grande réputation de chevalerie et de dévoûment. On admirait sa conduite si noble et si désintéressée et personne n'osait soupçonner qu'il y eût peut-être un but peu moral à son patronage.

Cependant, tout a une fin dans ce bas monde, et la situation de Tayeur devait subir la loi commune. Il devint de jour en jour plus tendre et plus empressé auprès de Berthe. Il se plaignait de n'être aimé de personne, il regrettait de n'être plus jeune... il devenait un objet de risée. Il n'était plus que le vieux père Tayeur... un pauvre bonhomme qu'on tolérait, mais qu'au fond l'on trouvait maussade, ennuyeux, gênant même, et une fois sur le chapitre de ses déceptions, Tayeur ne s'arrêtait plus. Madame Legrand chercha à le consoler.

... — Voyons, soyez raisonnable, mon cher cousin! Que vous manque-t-il? Vous avez une fortune princière, votre femme est parfaite pour vous, votre fils Casimir est un brave jeune homme, rempli d'intelligence et dont tout le monde vous fait compliment. Vous dites qu'on ne vous aime pas! Qui donc ne vous aime pas, s'il vous plaît? Est-ce mon mari à qui vous avez rendu une position brillante? Jamais il n'ouvre la bouche que pour vous bénir... Est-ce moi qui ne vous aime pas? Dites...

— Eh bien, oui, vous ne m'aimez pas!

— Moi! mon ami, vous m'affligez. Qui donc aimerais-je alors! Vous nous avez accueillis comme un père, quand mon père lui (et elle soupira)... et je ne vous aimerais pas! Moi qui voudrais prévenir tous vos désirs, moi qui cherche toute la journée ce que je pourrais bien inventer pour vous plaire! Ah! c'est mal ce que vous dites-là!

Et Berthe porta la main à ses yeux. La pauvre enfant prenait au sérieux les lamentations du vieillard, et elle se demandait si elle avait, en effet, manqué aux devoirs de l'affection qu'elle lui avait vouée. Elle ne trouva aucune réponse à sa question.

Tayeur continua pendant plusieurs jours de suite cette comédie du désespoir et comme Berthe lui répétait toujours :

— Mais, vous savez bien que je vous aime !

— Pas comme je voudrais, exclama enfin le vieillard.

— Mais comment voulez-vous être aimé ?

— Donnez-moi vos deux mains, je vais vous le dire.

Berthe lui tendit ses mains sans défiance ; mais elle pensa mourir d'effroi quand elle vit la figure de Tayeur s'enflammer subitement. Ses gros yeux rougis lançaient des flammes... Il croyait,— l'amour et la passion rendent fous. — Il croyait, l'insensé! que Berthe se donnait à lui... Il lui serra les deux mains dans les siennes, se laissa tomber à genoux... et couvrant de baisers les mains de la jeune femme, il n'eut que la force de murmurer : Berthe!... Berthe!...

Mais ici la scène changea. — Repoussant Tayeur avec la vigueur que donnent quelquefois la colère et le dégoût, elle se dressa frémissante devant le vieillard qui s'était relevé pâle et stupéfait.

— Monsieur Tayeur, lui dit-elle, vous êtes un lâche! Ah! voilà donc le motif de votre générosité. Tenez, vous me faites pitié, — ou plutôt vous m'amusez, — vous m'amusez beaucoup! ah! ah!

La jeune femme fut prise d'un rire nerveux à la fois effrayant et étrange. De grosses larmes roulaient de ses yeux et elle riait à gorge déployée! On l'entendait murmurer comme dans un râle : oh! le misérable! et elle riait encore plus fort. Son sein palpitait avec violence, ses yeux étaient hagards et vitreux, sa physionomie bouleversée prenait des teintes verdâtres, et elle riait plus fort que jamais. Tayeur n'eut pas la force de supporter ce spectacle. Il sonna, et lorsque le domestique fut entré, il lui montra du doigt sa maîtresse et s'enfuit comme un fou, en se heurtant à tous les meubles qu'il rencontra.

Quant à Berthe, elle reprit le chemin de l'Ardèche quelques jours plus tard. Elle eut la délicatesse de dissimuler les motifs de son départ. Par égard pour madame Tayeur, par convenance pour sa propre famille à elle, qui avait servi à son insu les passions personnelles et les spéculations immorales du nouveau Jacques Ferrand, elle garda le silence sur la folle tentative du financier, et laissant son mari à son poste, elle retourna dans sa province. Rosine fuyait Bartholo, — peut-être Almaviva fut-il du voyage? Je n'en répondrais pas absolument!

XIV

EUREKA!

Ce fut après avoir *remporté* les deux défaites que nous venons de raconter, que Tayeur fit, chez madame de Fulgence, la connaissance de Magarthy. Le moment était bon pour la créole. Avide d'émotions, le nouveau viveur ne savait que faire de son cœur, et il eût volontiers mis sur sa poitrine une petite pancarte portant ces mots : « Cœur à louer; » quoique Magarthy sût parfaitement que c'était lui qui avait insisté pour la faire expulser de chez la duchesse de Fulgence, après la dénonciation de Georges, le poète, elle lui céda, après quelques jours d'une résistance pleine de provocations. Même avant le départ de la créole pour l'Allemagne, Tayeur avait déjà pour elle, si non un amour forcéné, du moins un goût très vif. Il avait eu assez de prudence pour ne pas la retenir en France : le bonhomme craignait de trop s'engager. Mais depuis sa rupture avec madame de Fulgence, la créole lui manquait, et peut-être si elle ne fût pas revenue, eût-il été la rejoindre à Bade. Magarthy trouva donc à son retour le terrain merveilleusement préparé pour l'exploitation du financier; elle arriva, en peu de jours, à connaître son Tayeur sur le bout du doigt, et elle parvint à découvrir son côté faible. Le vieux Lovelace avait été éconduit par deux femmes charmantes, qu'il avait entourées d'un culte fervent, et chacune d'elles en lui signifiant son congé... ne lui avait épargné aucune des dures vérités que méritent les vieillards amoureux. Aussi, vous pouvez vous imaginer quel orgueil ressentit le millionnaire lorsqu'il reconnut dans la quarteronne, non seulement une maîtresse passionnée, mais encore une admiratrice enthousiaste de ses talents et de son esprit. En effet, à chaque instant, la rusée courtisane lui lançait à brûle-pourpoint, de ces mots qui le transportaient d'aise, ainsi qu'était ravi le vieux Orgon par les naïvetés de la jeune Agnès.

— Que tu es encore bel homme, lui disait-elle, quelquefois! que tes cheveux sont d'un beau blond! que tu as dû être séduisant dans ta folle jeunesse!... moi, qui ai refusé le jeune comte de X... je n'ai pas pu te résister!... séducteur!

Ou bien :

— Oh! que c'est joli ce que tu viens de dire là! Que tu es heureux d'avoir tant d'esprit... Écris-moi le mot... je t'en prie... mon bon chéri... que je ne l'oublie pas!...

Tout était pour elle prétexte à flatterie... Si Tayeur se trouvait chez elle, et qu'il y eût du monde, elle savait adroitement rappeler ses belles actions, car Tayeur était noblement généreux, ou citer un bon mot de son vieil amant. Enfin... elle avait l'art de chatouiller sa vanité à un suprême degré. Et le vieillard se laissait prendre à tous ces compliments si exagérés qu'ils fussent, leur exagération même ne l'avertissait pas, il était aveuglé. Nous avons tous, plus ou moins, notre besace à deux poches... une pour la flatterie, l'autre pour le blâme... La poche à la flatterie est large et élastique... Celle destinée au blâme est étroite, et l'ouverture en est difficile.

Quelquefois Tayeur, se disait en pensant à Berthe, ou à la chanteuse :

— Ces péronnelles ! un compliment leur eût brûlé les lèvres... Ce n'est certes pas par ces deux *chipies* que j'aurais su que j'avais la physionomie de M. Guizot et l'éloquence de M. Thiers... Chère Magarthy ! Cette femme est décidément bien supérieure à tout ce que j'ai connu.

Et le manufacturier se rengorgeait : il se regardait avec complaisance... et sa pensée se reportait toujours sur Magarthy. La fine mouche avait trouvé le joint ! Homme ou femme, nous sommes chacun pétri de vanité. Quiconque nous flatte, nous encense, est notre ami ; qui nous blâme est un sot ou un méchant !

Pendant les derniers mois de la grossesse de Magarthy, Tayeur alla souvent visiter la créole dans sa retraite. Les liens qui l'enchaînaient à elle furent habilement resserrés encore par la quarteronne, et Tayeur, qui dans le fond avait un certain orgueil d'être père, se laissa de nouveau circonvenir. Sa merveilleuse fécondité, si rare chez les filles de cette espèce, et qui avait failli la démonétiser dans la maison Marton, la servit auprès de Tayeur. Elle accoucha heureusement encore une fois, et madame du Tilleul fut mandée pour servir de gouvernante à la petite maison d'Etretat. Une belle et bonne nourrice fut installée sur les lieux, et Magarthy se prépara à faire sa rentrée dans sa famille. Mais cette femme insatiable voulut rentrer *officiellement*, pour ainsi dire ; — elle avait besoin d'un patronage, et ce fut sur la femme de Tayeur qu'elle jeta les yeux pour lui faire jouer à son tour, un rôle utile dans sa vie. Elle avait une idée diabolique dans la tête, et il fallait faire la connaissance de madame Tayeur pour réaliser cette idée.

Elle mit donc tout en œuvre pour capter complétement le vieillard dans les derniers jours. Elle le prit par le cœur et par la vanité à la fois.

On se souvient, sans aucun doute, du vol de lettres commis au préjudice de M. de Prissé par Magarthy. Parmi les lettres de madame de Fulgence, il y en avait une où étaient racontées, tout au long, et avec des commentaires pleins de malice, les deux aventures amoureuses du financier. L'histoire de Berthe, surtout, était fort divertissante. La jeune femme n'avait fait confidence de la déclaration inattendue de Tayeur, qu'à la bonne duchesse qui en avait beaucoup ri... Rien ne l'amusait comme cette éruption d'un volcan qu'elle croyait bien éteint, et *Jacques Ferrand transi*, ainsi qu'elle surnomma Tayeur, fut le sujet d'une longue lettre à M. de Prissé, dans laquelle elle citait une épigramme innocente que Berthe s'était amusée à rimer sur la tentative amoureuse du cher cousin tenant ses deux mains dans les siennes.

La voici :

Si vous étiez un pauvre diable
Mourant de faim,
Il faudrait être charitable
Et vous donner un peu de pain ;
Mais vous avez chez vous une fort bonne table
Contentez-vous de ce festin.
L'indigence ailleurs me réclame.
Mon cher cousin, allez prendre la main
De votre femme !

Ces vers n'étaient pas bien méchants comme vous le voyez... mais tombés dans les mains de Magarthy, ils devenaient une piqûre d'épinglein-cessamment dirigée contre le pauvre millionnaire.

— Quand tu ne seras pas sage, lui disait-elle quelquefois en badinant, je ferai imprimer le récit de tes exploits et j'en enverrai un exemplaire à ta femme.

Tayeur riait de cette menace, mais il n'en avait pas moins une sorte de frayeur de voir son odyssée amoureuse dévoilée.

Au moment donc de quitter Etretat, elle eut une conversation fort animée et fort vive avec son vieil amant : — elle insistait, il se défendait de son mieux, et elle finit par gagner la partie. Voici ce qui fut convenu entre eux.

Tayeur s'engageait à présenter Magarthy et ses

filles à sa femme, et celles-ci habiteraient le pavillon autrefois occupé par la famille Legrand. Magarthy serait censée avoir loué cette partie de l'hôtel, et des relations de bon voisinage s'établiraient naturellement.

Du reste, Tayeur passerait aux yeux de sa femme pour un ancien ami du mari de madame de Talin, riche veuve créole qui se consacre tout entière à l'éducation de ses filles. Telle fut la combinaison imaginée par Magarthy et à laquelle Tayeur avait lâchement adhéré. Ce vieillard, semblable à un homme qui n'aurait jamais bu que de l'eau et qui tout à coup se livrerait aux liqueurs fortes, ce vieillard, dis-je, vivait, depuis qu'il avait *jeté sa gourme* dans une ivresse perpétuelle. Pareille à la succube de Balzac, cette femme avec son amour de courtisane, tuait peu à peu l'âme et le corps de son vieil amant. Elle était enfin parvenue, à force d'astuces, de menaces peut-être—je l'ai toujours pensé—à lui faire faire les premiers pas en dehors du droit chemin, et elle comptait bien qu'il n'en resterait pas là. — Nous l'avons dit : *elle avait une idée !*

XV

L'IDÉE DE MAGARTHY

Le premier soin de Magarthy en revenant à Paris fut donc de s'occuper de son installation dans le pavillon de Tayeur. Toute la famille prit possession du nouveau local, et huit jours après, pressé, tourmenté, harcelé, Tayeur annonça que la présentation à madame Tayeur aurait lieu le lendemain. Tout fut en rumeur dans le pavillon pour se préparer à cette solennité. Magarthy procéda elle-même à la toilette de ses filles et tout le monde était sous les armes, quand Tayeur vint les chercher pour les conduire chez sa femme.

Magarthy était radieuse et sa figure respirait le

bonheur. Elle s'était composé une physionomie appropriée à la circonstance, la courtisane ne pouvait se deviner dans la tournure modeste qui convient à une mère de famille, veuve, et chargée de la mission délicate d'élever trois filles riches et jolies, dans ce grand et tumultueux Capharnaüm qu'on appelle Paris. Du reste, sa mine se prêtait beaucoup au rôle qu'elle cherchait à jouer. Elle était en femme ce que devait être Tartuffe en homme. Son teint fleuri, sa bouche vermeille, son embonpoint, qui commençait déjà à devenir de l'obésité, prévenaient en faveur de la bonté de son caractère. Peut-on être méchant quand on est si gonflé? L'imagination ne peut se figurer la perfidie et la férocité que sous une forme maigre, livide et presque maladive. Au point de vue de l'imagination, Magarthy devait paraître et paraissait en effet à tous une excellente personne. Madame Tayeur s'y laissa prendre et une invitation à dîner pour le soir même s'ensuivit. C'était un jeudi et madame Tayeur insista de si bonne grâce, que Magarthy consentit à donner sa soirée tout entière à sa nouvelle amie.

Tout se passa admirablement. Les filles de Magarthy, douces et sans prétentions, avaient déjà fait la conquête de toute la famille Tayeur. Magarthy, elle-même, put à force de candeur et de simplicité jouées, charmer tout le monde. Bref, une liaison intime s'établit en peu de temps entre les familles : les deux femmes se voyaient le plus souvent possible. Magarthy joua avec madame Tayeur la même comédie qu'elle avait déjà jouée avec la duchesse de Fulgence. Elle se plaignit de nouveau de sa maladie de cœur qui ne lui laisserait sans doute que peu de temps à vivre. Quelquefois elle serrait la bonne dame dans ses bras et lui disait en pleurant : Si je mourais, vous seriez la mère de mes filles, n'est-ce pas ? — Madame Tayeur croyait à toute cette infernale jonglerie. Elle était si vraie, si loyale, si franche, qu'elle ne pouvait soupçonner une duplicité pareille.

De temps à autre, Tayeur et Magarthy allaient voir l'enfant à Etretat. Tayeur était flatté quand madame du Tilleul lui assurait du ton le plus innocent, que *c'était tout son portrait*. La nourrice, qui devinait que l'on se moquait du vieillard, mais qui était rouée comme toutes les paysannes normandes, renchérissait encore sur lés allégations de la tante du Tilleul, et Magarthy serrait le bras de Tayeur et lui disait : Mais embrassez donc votre fille, monstre que vous êtes !

Le vieillard embrassait tout le monde, laissait un cadeau à la nourrice et à la du Tilleul, et revenait avec Magarthy parlant passionnément de sa fille et faisant des projets pour l'avenir.

Les choses durèrent ainsi pendant quelques mois sans encombre, et Tayeur s'applaudissait d'avoir près de lui sa maîtresse dont il n'avait plus à redouter les indiscrétions. Madame Tayeur s'était de plus en plus entichée de la créole. Mais il arriva un événement que Magarthy seule avait prévu et qu'elle n'avait pas peu contribué à faire naître en laissant une liberté sans limite à Casimir et à Mézélie. Le jeune homme devint amoureux, mais amoureux fou de la fille de Magarthy, et ce fut à celle-ci qu'il s'adressa la première en la suppliant de ne pas mettre obstacle à son bonheur.

— C'est à vos parents qu'il faut parler de cela d'abord, Casimir.

— Oh ! il ne me refuseront pas, eux ! Ils sont si bons et ils aiment tant votre famille. Mais vous, madame, daignerez-vous m'accepter pour gendre ?

— Mais vous ne savez pas si Mézélie vous aime !...

— Je crois pouvoir vous assurer qu'elle ne verrait pas ce mariage avec déplaisir.

Mézélie fut appelée, et sur une question de Magarthy, elle se jeta dans le sein de sa mère, en murmurant : Oui, maman, je l'aime !

Et les deux jeunes gens s'agenouillèrent devant Magarthy qui pleurait de joie véritablement cette fois, car elle voyait enfin sa fille établie richement.

Elle était sûre du succès, et elle avait beaucoup de peine à garder l'allure solennelle nécessaire à une pareille scène. Elle fut onctueuse comme une mère noble du Gymnase, fit un petit *speech* aux jeunes gens sur les devoirs du mariage, et termina le tout en leur donnant sa bénédiction et en les pressant sur son cœur. En ce moment Tayeur entrait : il fut d'abord stupéfait de ce spectacle. Magarthy, Mézélie et son fils les yeux pleins de larmes, formaient un groupe au milieu du boudoir de Magarthy. — Celle-ci embrassait au front Casimir, qui avait la main de Mézélie dans la sienne. Aussitôt qu'il aperçut son père, Casimir courut se jeter à ses pieds...

— Mon père, j'aime Mézélie, elle m'aime et madame de Talin a béni notre amour. Accordez-moi sa main et toute notre vie se passera à vous adorer, à vous rendre le plus heureux des pères.

Tayeur ne savait que dire. Magarthy attendait, haletante, sa réponse. Elle le regarda enfin d'une manière, tellement significative que le bonhomme devina toute une tempête dans ses yeux dilatés par la menace.

— Laisse-moi, Casimir. — Plus tard je te répondrai !

— Hélas ! — il ne veut pas, murmura Mézélie à l'oreille de sa mère.

Mais Casimir ne se relevait pas : il tenait la main de son père...

— Je ne me relèverai pas que vous n'ayez consenti !

— Mais ta mère ?

— Je me charge de tout... consentez, mon père... c'est du bonheur de toute ma vie qu'il s'agit.

Le vieillard vaincu par les prières de son fils, effrayé de l'orage que promettait le regard de Magarthy, consentit à tout. Casimir et Mézélie étaient dans le ravissement. La créole et ses enfants entourèrent Tayeur, et la scène des pleurs, des baisers et des bénédictions recommença. Tayeur, qui était bon, fut touché de la joie naïve des deux jeunes gens. Il sentait bien qu'il commettait une mauvaise action, un sacrilége moral en donnant son fils à la fille de sa maîtresse, dont il avait ou croyait avoir lui-même un enfant; mais il vit tant de bonheur sur les visages francs des deux amoureux, qu'il se pardonna sa faiblesse.

— Qu'ils soient heureux, se dit-il, en soupirant, c'est là l'important !

Lorsque Tayeur fit part de cette nouvelle à sa femme, il trouva chez celle-ci une opposition à laquelle il ne s'attendait pas. La mère hésitait à donner son fils à une jeune fille belle sans doute, mais qu'elle ne connaissait que depuis trop peu de temps.

Tayeur insista, il fit valoir la fortune de madame de Talin.

— Elle a 1,200,000 francs à donner à Mézélie, ajouta-t-il pour conclure — c'est une dot magnifique. Autant à la mort de la mère, et la pauvre dame est atteinte d'une maladie de cœur qui ne lui permettra pas d'aller bien loin encore.

Cependant madame Tayeur hésitait encore, quand Casimir entra. Il supplia, il pleura, et la pauvre mère n'eut que la force de lui dire :

— Mais vous êtes bien jeunes tous les deux!

Alors son fils lui prouva que la jeunesse était au contraire l'époque la plus propice pour le mariage; que ses deux sœurs s'étaient mariées plus jeunes que lui, avec des jeunes gens et il ajouta :

— Voyons, bonne mère, si tu ne t'étais pas mariée de bonne heure, aurais-tu la joie de voir autour de toi un gaillard de vingt-huit ans, avocat et amoureux, deux filles de vingt-trois et de vingt-quatre ans, qui sont plutôt tes amies que tes enfants? — Et bien, moi aussi, je veux avoir des enfants dont je puisse avoir le temps de diriger l'avenir. J'ai vingt-huit ans, ma mère... j'ai l'âge de raison, je..., etc., etc.

Il serait trop long de rapporter toute la plaidoirie de Casimir. Il était amoureux et... avocat. C'est assez vous dire qu'il parla une demi-heure sans s'arrêter. Enfin pour la première cause qu'il plaidait, il fut éloquent, il déploya une chaleur et une verve irrésistibles. La bonne madame Tayeur ne demandait pas mieux que de se laisser battre, et il remporta un bon consentement et un de ces baisers comme les mères savent seules les donner.

Pendant ce temps, Tayeur s'était enfermé avec Magarthy pour régler les affaires d'intérêt. Magarthy avait une réputation de richesse qu'il fallait soutenir. Il fut donc convenu que Tayeur reconnaîtrait, par contrat, avoir reçu de la créole la somme de, 1,200,000 francs comme montant de la dot de sa fille, somme dont il s'engageait à payer la rente aux jeunes gens, s'ils ne préféraient en disposer eux-mêmes. C'était-là, dira-t-on, un énorme sacrifice : mais Tayeur était lancé sur une pente où l'on ne s'arrête pas facilement. Une difficulté se présentait encore. Madame de Talin n'avait pas d'actes civils dont on pût se servir : il était impossible de dissimuler la bâtardise de ses enfants, et encore plus impossible de faire accepter une pareille situation à la droite et rigide mère de famille. Magarthy se chargea de lever la difficulté. Elle fit venir Casimir et lui raconta, sous le sceau du secret la fameuse histoire qui lui avait déjà servi.

Elle se rendit intéressante. Et le jeune homme, dominé par la passion, saisi d'un vertige qui obscurcissait sa raison, sous le coup du bonheur qu'il venait d'éprouver en voyant tous les obstacles levés, répondit à Magarthy qu'il l'en estimait davantage puisqu'elle avait eu le courage de se vouer à l'éducation de ses enfants, et de renoncer pour elles aux douceurs du mariage. Casimir et son père s'arrangèrent ensemble de façon que madame Tayeur n'eût pas connaissance de la fausse position des enfants. Madame Tayeur désirait que les choses s'accomplissent simplement. Ce désir concordait avec les projets de Tayeur et de son fils. Le mariage civil se fit vite, et le mariage à l'église suivit de près la cérémonie de la mairie. Puis les deux nouveaux époux allèrent passer leur lune de miel dans un joli château de la Bourgogne que leur avait acheté le père Tayeur.

XVI

UN AN APRÈS

Près d'un an s'était écoulé depuis l'impatronisation de la créole dans la famille Tayeur. Madame de Talin semblait avoir oublié sa maladie de cœur, elle comptait maintenant presque autant que madame Tayeur dans la maison. Le mariage des enfants avait cimenté une amitié déjà complète de la part de madame Tayeur. Ces deux femmes semblaient n'en faire qu'une. Les filles de Magarthy étaient devenues les filles de madame Tayeur et cette bonne dame ne faisait pas une promenade sans prier Magarthy de l'accompagner. Bref, elle ne pouvait se passer d'elle.

Sainte et noble femme, dans son aveuglement elle ne se doute de rien. Et cependant le scandale existe dans sa maison. Tout autour de cette famille, on murmure, on blâme. On accuse Tayeur d'immoralité, car peu à peu, le jour s'est fait sur sa conduite. Le *monde*, cet investigateur inexorable auquel nul n'échappe, a depuis longtemps deviné les rapports qui existent entre le financier et la créole. Mais on parle à voix si basse que le bruit n'arrive pas encore jusqu'aux oreilles de madame Tayeur.

Quant à l'amant de Magarthy, il a beaucoup changé depuis un an. Son regard est soucieux, ses cheveux ont complétement blanchi et sa taille s'est voûtée. L'enfant d'Etretat est mort. Ç'a été un coup terrible pour lui. Il sent, d'un autre côté, que ses anciens amis commencent à lui faire froide mine. Magarthy le compromet, il le sait, mais soit crainte, soit habitude, il ne peut rompre une chaîne devenue trop pesante pour lui. Il est bien changé moralement aussi, le pauvre homme! Chaque jour il perd un peu de sens moral. Comme il faut qu'il donne à Magarthy la fortune qu'il lui a attribuée et que sa femme lui suppose, il reprend les affaires, il fait ce qu'il n'avait jamais fait dans sa longue carrière, si honorée, si honorable jusque-là. Il se met à la tête d'une société de mines, il joue à la bourse, et bientôt les millions fictifs deviennent des réalités. Mais les millions, enfin acquis, de Magarthy ne lui procurent pas la considération. En vain Tayeur essaie-t-il de la produire chez ses amis les plus intimes : une conspiration sourde, latente, s'organise dans l'ombre. Alors, Tayeur, comme tous les gens faibles, prend un parti extrême... On le voit partout avec Magarthy. Pendant une absence de sa femme, il donne un grand dîner à l'évêque de... et il place sa maîtresse à la droite du prélat!

A Toulon, où il est allé visiter l'escadre, à propos d'une construction quelconque, l'attendait une aventure plus désagréable que toutes les autres. C'était le coup de grâce!

Tayeur et Magarthy accompagnés de quelques gros manufacturiers, parcouraient le port, examinant chaque bâtiment et admirant les manœuvres des matelots. On était fort gai, car la visite avait lieu après un splendide déjeuner offert par Tayeur. On avait tiré le canon en l'honneur du manufacturier, on riait, on causait joyeusement, quand un vieux matelot, qui passait près de ce groupe en si bonne humeur, considéra Magarthy avec une expression de surprise très grande, en s'écriant : Tiens! tiens! tiens!...

Celle-ci se prit à rougir jusqu'aux oreilles.

Elle venait de reconnaître un des habitués de la Marton.

La discrétion n'est guère le fait du matelot. Au bout d'une demi-heure tous les marins, ou du moins un grand nombre, savaient qu'il y avait sur le quai une ancienne pensionnaire du bouge infâme que vous connaissez, à laquelle on venait de rendre des honneurs presque royaux. Plusieurs anciens vinrent virer autour de la créole, ils la reconnurent à leur tour et sans oser cependant l'*accoster* directement, ils se mirent à causer entre eux, mais si haut et si près, que pas une des personnes qui accompagnaient Tayeur et sa maîtresse ne perdit un mot de la conversation.

« — Elle est bien gréée, laMagarthy, disait l'un !

« — Plus que ça de luxe, disait l'autre !

« — Elle n'était pas si fière chez la Marton, répondait un troisième !

Et tous en cœur répétaient :

T'en souviens-tu, Margoton,
Du bon temps de la Marton...
Magarthy, la risette,
Magarthy, la riron,
Te souviens-tu de la Marton ?

— Que veulent dire ces gens-là, et à qui en ont-ils? demandèrent Tayeur et ses amis.

— Je ne sais, répondit Magarthy, blême et terrifiée, je ne sais, — retournons à l'hôtel, je ne me sens pas bien, et j'ai besoin de me reposer.

— Bigre (1)! elle est rudement engraissée depuis qu'elle a des robes et des chapeaux. La petite mère, oh, hé! qu'elle est donc engraissée!

Magarthy pensa se trouver mal en arrivant à l'hôtel. Tayeur n'avait rien compris, rien deviné, mais peu de minutes après, le bruit s'était répandu dans Toulon, que M. Tayeur, ce riche capitaliste, qui avait des intérêts chez presque tous les armateurs, un homme estimé jusqu'alors, traînait avec lui une femme connue des matelots les plus infimes, et qu'il avait osé la présenter à tout le monde. — On en parla, à mots couverts, à Tayeur, qui nia la possibilité d'une pareille allégation. Mais le coup était porté. Ils avaient projeté de rester huit jours dans la ville; mais, humiliée et saisie de frayeur à la pensée d'être publiquement insultée par quelque ancien amant goudronné, Magarthy décida qu'on repartirait sur-le-champ, et Tayeur obéit avec la docilité d'un enfant.

Cependant l'affaire n'en resta pas là, et malgré toutes les dénégations de Tayeur, il fut avéré qu'il vivait avec une femme indigne, avec une prosti-

(1) C'est de plus en plus un marin qui parle

tuée, et ses collègues lui firent sentir qu'il agirait sagement en donnant sa démission de syndic des manufacturiers. Le vieillard s'exécuta, après avoir longtemps hésité, tergiversé, lutté envers et contre tous; Magarthy pesait de tout son poids sur son intelligence et sur son cœur. Elle lui fit commettre alors une infamie, un crime même. A la mort de l'enfant d'Etretat, madame du Tilleul, qui connaissait le mariage de Mézélie avec le fils de M. Tayeur, avait réclamé à Magarthy la fortune qu'elle lui avait promise lorsque Mézélie se marierait. Celle-ci lui avait ri au nez. Alors, la vieille tante avait menacé Tayeur d'un scandale public. Elle révélerait, disait-elle, à madame Tayeur ses relations avec Magarthy, la naissance et la mort de l'enfant d'Etretat. Elle lui donnait huit jours pour réfléchir, Poussé, conseillé par Magarthy, Tayeur, qui était l'ami d'un personnage alors très influent, obtint de faire enfermer la pauvre complice, comme atteinte d'aliénation mentale.

La disparition de la du Tilleul ne rendit pas la tranquillité à Tayeur. Le bruit public grandissait toujours. Il avait essayé de lui tenir tête, de le vaincre, de se rendre maître de l'opinion par une sorte de coup d'État. Il donnait des fêtes splendides, fêtes ruineuses, sans précédent, comme luxe, — des fêtes de millionnaire en démence; mais tout encombrés qu'ils fussent, ses salons n'en étaient pas moins déserts, si l'on considère le but que se proposait Tayeur. En effet, aucune femme comptant dans la société parisienne, n'avait voulu s'y montrer, aucun homme important n'avait osé y conduire sa femme ou ses filles. Le matin du bal, deux ou trois cents billets d'excuse, alléguant les prétextes les plus futiles, étaient déposés chez Tayeur. Quelques-uns de ses collègues, ou de ses employés, obligés par la nature même de leurs fonctions, de se montrer là et qui ne faisaient qu'entrer et disparaître, heureux d'être débarrassés bien vite de cette corvée malsaine, joints au monde intéressé des boursicotiers, remplissaient seuls les salons princiers du vieillard, désolé de la désertion de tous les gens à la présence desquels il attachait une si grande importance et pour lesquels il avait spécialement fait des frais exorbitants.

Le soir, une atmosphère de réprobation régnait dans ces salons; on se dispersait de bonne heure, à deux heures, tout était fini. Magarthy restait isolée, les moins scrupuleux osaient à peine l'aborder. Sa contenance restait ferme cependant. Toute la journée, au contraire, c'était comme une procession de visites chez madame Tayeur. A chaque instant, une voiture s'arrêtait devant le perron, c'était toujours pour madame Tayeur ou pour ses filles. La pauvre femme, malgré son intelligence ne comprenait rien à tout cet empressement du matin et à cette abstention systématique du soir. Il y avait, en effet, dans cette conduite des amis les plus honorables de la bonne dame, de quoi l'étonner profondément. Elle cherchait en vain la raison de cette manière d'être presque universelle. En effet, c'était comme un mot d'ordre donné à tous et observé par tous. Dans la simplicité de son âme vertueuse, madame Tayeur était à mille lieues de la vérité. Elle ne pouvait se douter que ce fût par mépris pour l'inqualifiable conduite de son mari, qu'on la mettait, elle, pour ainsi dire en quarantaine. Car tout ce monde était discret et ne donnait pour justifier son absence aux soirées du financier que les raisons banales qui sont toujours à la disposition de chacun. Une migraine, une invitation anticipée, l'arrivée d'un parent de province... que sais-je ? Tous les mille prétextes de tradition en pareil cas étaient adoptés pour la circonstance.

Cependant la situation devenait de jour en jour plus tendue. Cela ne pouvait durer ainsi, et la vérité devait finir tôt ou tard par éclater, car chaque jour amenait un nouvel affront pour la créole qui frémissait de rage et s'en prenait au pauvre Tayeur qui n'en pouvait mais. On souffletait Tayeur sur les deux joues, tout en voulant ménager sa femme, que chacun respectait, que chacun plaignait. Presque tous les jours, des invitations arrivaient à l'adresse de toute la maison Tayeur et les billets portaient, par exception, le nom de tous les membres de la famille...; mais presque invariablement, le nom de la baronne de Talin était omis dans toutes ces lettres. Fêtes officielles ou fêtes privées, la créole était mise sans pitié de côté par ce monde qui ne pardonne pas certaines situations impossibles, et cet ostracisme de parti pris rendait la métis furieuse et Tayeur à moitié fou. Les personnes qui la saluaient ou qui lui rendaient son salut lorsqu'elle était avec M. Tayeur ou avec sa fille, affectaient de ne pas la connaître ou la reconnaître lorsqu'elle était seule. Il était impossible de pousser plus loin le dédain, et la ligue formée contre la maîtresse de Tayeur, loin de perdre de ses conjurés, augmentait en force tous les jours. C'était une croisade muette de toute une société révoltée du cynisme d'une coquine, contre ce commerce adultère qui soulevait d'indignation tout le monde des honnêtes gens !

Poussé, harcelé par Magarthy, Tayeur fit des tentatives insensées pour faire lever l'interdit qui pesait sur cette femme. Il s'humilia et se déconsidéra davantage encore aux yeux de ses meilleurs amis en sollicitant, en quêtant, pour nous servir du mot propre, des relations pour la quarteronne. Partout il fut éconduit, poliment il est vrai, mais de façon à ne pas lui inspirer l'envie de renouveler ses demandes. L'histoire d'une invitation de bal qui lui a coûté 50,000 francs, est bien connue et a couru tout Paris. Mais son argent même n'était pas toujours un passe-port suffisant, et s'il avait réussi une fois, il échoua devant certaines susceptibilités qui ne voulurent pas se laisser acheter ou circonvenir, comme le marquis de B..., par exemple, qui, gêné dans une liquidation, cherchait 200,000 francs à emprunter. Tayeur eut vent de cela; il connaissait le marquis de B... dont la famille est une des plus considérées du Poitou, et il courut aussitôt lui faire ses offres de services.

— Monsieur le marquis, lui dit Tayeur, je sais que vous êtes sur le point de faire un emprunt, et je viens me mettre tout à votre disposition.

Le marquis était enchanté, car Tayeur ne lui imposait que les conditions les plus douces... il lui rendait un service désintéressé et cela ravissait le vieux gentilhomme, tout en l'étonnant un peu. Mais au moment de signer le contrat, son étonnement cessa. La condition verbale de Tayeur était celle-ci. Une invitation pour la baronne de Talin... Le marquis refusa.

— Je vous prêterai sans intérêt, murmura le vieillard éperdu.

— C'est encore trop cher, dit le marquis en haussant les épaules. Et il tourna le dos à Tayeur, qui sauta tout suffoqué dans sa voiture, où il fut sur le point d'avoir une attaque d'apoplexie.

Quelques amis, peu nombreux, et d'un rang assez piètre, ont consenti cependant à recevoir la créole, mais Tayeur sait ce que lui coûtent ces concessions!! Les amis en question ont besoin de lui, aujourd'hui, et ils en auront encore besoin demain. Tayeur est dans une voie déplorable. Des parents désintéressés, des amis dévoués, ont bien essayé de l'avertir. Ils ont voulu lui montrer le gouffre béant ouvert sous ses pas. Peine inutile. Le vieillard a méprisé les avis, et Magarthy a cherché, par tous les moyens, à se venger de ces donneurs de conseils. Semblable aux voyageurs qui se trouvent pris dans les sables mouvants, le vieux millionnaire s'enfonce tous les jours de plus en plus, dans le tourbillon funeste où il s'est engagé. Sa perte est imminente, car la vérité comme la calomnie de Basile, se dresse tous les jours plus menaçante. Semblable à ces terribles incendies des savanes de l'Amérique, ce n'est d'abord qu'une touffe qui brûle, puis deux, puis trois, puis, tout d'un coup le feu s'étend sur toute la plaine, le vent le chasse devant lui, l'incendie accourt, comme une armée rangée en bataille, augmente à chaque instant et finit par vous entourer de toutes parts.

Tayeur ne sait plus où donner de la tête, — il craint que sa femme n'ouvre enfin les yeux, l'attitude que le monde a prise doit infailliblement amener la découverte de la hideuse réalité. Il sent qu'il faut prendre un parti et faire la part du feu. Il propose donc à Magarthy de lui trouver un vieux noble ruiné, qui reconnaîtra les enfants, l'épousera, et disparaîtra le lendemain pour un voyage de longue durée, moyennant une pension viagère du vieux financier. Ce mariage mettra enfin sa réputation à l'abri de toute médisance et donnera à Magarthy, ce dont le monde se contente quelquefois, un masque convenable, un déguisement de convention, un nom réel, en tous cas.

Tayeur trouvera-t-il ce qu'il cherche? Parviendra-t-il à sortir du guêpier où il a donné tête baissée? Nous l'ignorons, et laissons à la Providence le soin de décider.

FIN DU JOURNAL DU MARIN.

ÉPILOGUE

Quand j'eus terminé la lecture du manuscrit du marin, j'étais loin d'être satisfaite. Il me semblait qu'à ce récit il manquait quelque chose... la chose indispensable que tout romancier consciencieux doit à ses lecteurs : en un mot, il manquait le *dénoûment!*

Cette Magarthy et ses bizarres aventures m'avaient vivement intriguée... Et je ne pouvais me décider cependant à publier les pages qui précèdent sans avoir une solution à offrir à la curiosité du public. Je remis donc l'impression de cette histoire à une époque indéterminée, et j'attendis que le hasard, ce dieu des romanciers, me vînt en aide. Je partis pour les bains de mer et là je questionnai tous ceux qui pouvaient avoir connu Tayeur ou la créole... Je n'appris rien de neuf et ne m'occupai plus de cette histoire. Ce ne fut qu'à mon retour à Paris que je fus mise à même de pouvoir ajouter une fin au roman de la créole. Voici ce que j'appris, grâce à la bonne duchesse de Fulgence qui venait aussi de rentrer, pour quelques mois, dans son bien-aimé Paris.

L'existence de Magarthy allait devenir enfin plus supportable... Le vicomte ou le marquis complaisant et peu fortuné, à la recherche duquel on était, paraissait trouvé; il ne s'agissait plus que de poser les dernières conditions du contrat. Mézélie était enceinte, et toute la famille était dans le ravissement de ce bonheur, heureux présage d'avenir.

Madame Tayeur vivait joyeuse de la joie des autres; quant au père Tayeur, il avait considérablement arrondi la fortune de Magarthy. Mais il était écrit que cette femme ne jouirait pas du fruit de ses intrigues. Par une imprudence incroyable de la part d'une créature si rusée, elle avait commis la faute énorme de déclarer à Simon Lenoir que désormais elle était résolue à se passer de ses services.

— Voici cinq cents louis, lui avait-elle dit, un beau jour... Vous avez gagné une cinquantaine de mille francs à mon service... Séparons-nous ! Vous savez bien des choses sur mon compte... mais rappelez-vous madame du Tilleul et n'essayez jamais de me nuire. Je suis puissante par Tayeur, et, sans procès, sans jugement, sans que mon nom même soit prononcé, je puis vous faire embarquer pour Cayenne. Songez-y et ne tentez rien contre moi, ou je vous briserai comme verre... assez !

Simon était parti... la rage dans l'âme. Qu'était-ce pour cet homme, rongé des vices les plus honteux, que dix mille francs ? Lui, accoutumé à une vie large et paresseuse... Il allait donc être forcé de reprendre le dur harnais du travail. Car, si comme le disait Magarthy, il avait gagné plus de 50,000 fr. à son service, il faut lui rendre cette justice qu'il n'en avait pas gardé un liard. Il avait fondé les plus grandes espérances sur la créole, et dans sa pensée, rien n'aurait jamais dû les séparer ici-bas ! Il avait rêvé, le sacripant, une existence de jouissance et de bombance perpétuelles et voilà qu'il tombait de l'empyrée de ses songes sur les rochers de la réalité, avec dix-mille francs pour tout viatique. Au bout de deux mois, le jeu, le vin, les femmes (et quelles femmes !), avaient dévoré cette somme qui eût fait la fortune d'un honnête ouvrier. Il s'adressa de nouveau à Magarthy qui lui donna encore 500 francs; mais en lui disant avec une fermeté qui n'admettait aucun espoir de retour: c'est la dernière fois que je vous vois!

Les 500 francs vécurent encore plus vite que ne vivent les roses... Et complétement à sec, il se décida à rouvrir la fameuse échoppe du pont de l'Archevêché! Misérable et manquant de tout... ne pouvant plus rien tirer de son ancienne complice, il se décida à se joindre à une bande de scélérats qui allaient exploiter quelques villes de France et à qui il manquait un homme habile pour préparer les coups, pour rédiger adroitement des prospectus, et pour recevoir les dupes d'un nouveau genre d'escroquerie qui n'avait encore été pratiqué qu'en Angleterre. Seulement, avant de disparaître de la scène parisienne, Simon usa sa dernière feuille de papier et sa dernière plume. Il voulut lancer sa flèche du Parthe et ce fut sur Magarthy qu'il dirigea le trait. Nous savons qu'il était habile rédacteur: il mit tout son talent en œuvre et écrivit à madame Tayeur une lettre dans laquelle, non content de lui raconter d'un bout à l'autre l'histoire de madame de Talin, il lui prouva les relations coupables qui existaient depuis trois années entre son mari et la quarteronne. Pour plus de sûreté, il donnait à madame Tayeur l'adresse de la nourice où avait vécu, quelque temps, la pauvre créature que Magarthy avait si généreusement attribuée à Tayeur. Puis il partit avec ses nouveaux compagnons d'infamie.

Madame Tayeur jeta d'abord cette lettre de côté. Cette femme qui, à défaut de la noblesse du titre, avait toutes les noblesses de l'âme et de l'esprit, avait une horreur profonde des lettres anonymes. Mais malgré tous les généreux sentiments qui faisaient de son cœur un sanctuaire de dévoûment et de charité, elle était épouse et mère. Elle repoussa pendant plusieurs jours les idées mauvaises que faisait naître en elle cette maudite lettre. Si elle eût été dévote, elle eût mis ces pensées au nombre des suggestions de l'esprit malin et elle s'en fût confessée comme d'un gros péché. Toujours malgré elle, elle observa avec soin la conduite de Tayeur et de Magarthy et elle crut remarquer certains coups d'œil échangés sournoisement. Elle remarqua que Julie de Talin, ou plutôt Julie, comme elle l'appelait simplement depuis le mariage de leurs enfants, envoyait toujours ses filles une heure ou deux avant qu'elle vînt elle-même, et elle acquit la certitude que son mari passait ce temps seul, avec la créole. Cette découverte ébranla un peu ses convictions; mais elle résista encore... Tayeur était vieux, elle l'avait toujours cru peu disposé aux intrigues galantes... Il était impossible que la mère de sa belle-fille fût l'objet de ses poursuites. Tel était le raisonnement de madame Tayeur, qui se débattait de toutes ses forces contre le soupçon, et qui ne pouvait ou ne voulait pas céder à des doutes qui lui semblaient une grave injure envers son mari. Elle luttait, mais la jalousie, si nous pouvons employer ce mot qui n'est pas positivement le mot vrai de la situation, la jalousie donc, puisqu'il nous est impossible de trouver l'expression juste pour peindre ce qu'éprouvait madame Tayeur, prit sur elle un empire si grand qu'elle se résolut à faire une visite à la femme de Ville-d'Avray, que la lettre anonyme lui désignait comme ayant été la nourrice de l'enfant de Tayeur et de Julie. Ce ne fut qu'après bien des combats intérieurs, qu'elle se décida à cette suprême investigation. Pauvre femme! A Ville-d'Avray, tout lui fut expliqué d'une manière irrécusable. C'était bien son mari qui, accompagné d'une femme dont le signalement se rapportait parfaitement à celui de Macarthy, venait chaque semaine visiter l'enfant placé sous la surveillance de madame du Tilleul, dont la disparition assez mal justifiée par la créole, l'avait déjà un peu intriguée. — Le voile qui couvrait ses yeux se déchira d'un seul coup et la vérité lui apparut dans toute sa laideur. Elle ne pleura point!

Elle eut la force de dévorer sa douleur et l'unique pensée de la noble femme fut de tirer son mari des filets odieux dans lesquels il s'était laissé prendre. Du moment où le fait principal de la lettre anonyme était prouvé... tout le reste devait être vrai. Elle médita longtemps sur ce qu'elle avait à faire et après de mûres réflexions, elle se décida à chasser Magarthy... Mais il ne fallait pas que les enfants de cette misérable en souffrissent... Ils n'étaient point coupables et Mézélie surtout ne devait pas être perdue aux yeux de son fils. Le cas était grave, embarrassant. Voici comment, après de mûres réflexions, madame Tayeur procéda à ce que nous appellerons l'exécution de notre héroïne.

La scène est curieuse et pleine d'enseignements... Je demande à vous la retracer.

C'était le soir, à huit heures... on venait de sortir de table pour passer dans le grand salon orange du banquier. Toute la famille était réunie.

Magarthy, dans une toilette splendide, contemplait Mézélie qui, assise sur une causeuse, s'entretenait tout bas avec Casimir et faisait des projets pour l'éducation à venir de l'enfant qu'elle sentait frémir dans son sein. Miany et Léonie regardaient des gravures de modes; les deux filles de Tayeur faisaient épeler leurs marmots dans un grand livre d'images. Celui-ci lisait son journal près de la fenêtre, à côté de ses gendres. Le tableau était celui d'un intérieur patriarcal.

Magarthy jouissait, pour la première fois de sa vie, d'un bonheur presque complet. Elle était au comble de ses vœux... sa fille était richement et honorablement mariée... Miany et Léonie, grâce à la fortune que son vieil amant leur avait réellement conquise cette fois, pourraient, plus tard, prétendre à de beaux mariages : elle-même, demain, aurait peut-être un nom à leur donner, grâce à l'union qui se projetait ; elle n'aurait plus besoin de songer à de nouvelles et criminelles intrigues. Oui... le bonheur était là ! mais la justice divine ne voulait pas permettre qu'elle jouît plus longtemps d'une félicité dont elle était indigne ni que le dernier acte du drame fût joué. Son rôle était fini, son dernier crime avait été commis... et le châtiment ne devait pas se faire attendre.

Sept heures sonnaient lorsque madame Tayeur fit son entrée dans le salon. Rien dans les muscles de son visage ne décelait son émotion. Elle était calme et ferme, comme doit l'être le juge qui va prononcer une sentence équitable et qui n'a aucun doute sur la culpabilité de son justiciable. Elle embrassa ses enfants, Mézélie et ses sœurs... fit un signe de tête amical à Tayeur et à Magarthy, tendit la main à ses gendres, puis elle s'assit devant la cheminée et se mit à lire attentivement un volume qu'elle tenait à la main.

Au bout d'une heure environ, les jeunes filles descendirent au jardin et l'on vint annoncer la voiture du nouveau couple : c'était l'heure de la promenade; les gendres quittèrent leur beau-père, se rappelant qu'ils avaient un rendez-vous d'affaires; leurs femmes suivirent les enfants ; Magarthy se préparait à les accompagner, et le père Tayeur prenait aussi son chapeau lorsque madame Tayeur s'adressant à tous deux :

— Restez donc, madame, dit-elle, et vous aussi, mon ami. Ces enfants ont mille choses à se dire, vous les gêneriez.

On entendit en ce moment le bruit des voitures qui s'éloignaient. M. et madame Tayeur et la prétendue veuve étaient seuls.

— Vous rappelez-vous, Charles, dit la mère de famille d'une voix calme, en posant son livre sur ses genoux, l'automne de 1844? Il faisait assez froid, tellement froid que je fis allumer mes voitures dans la cour et qu'elles flambèrent le mieux du monde. Il est vrai qu'elles étaient coupables d'un grand crime à mes yeux : elles avaient promené une créature qui ne devait avoir rien de commun avec moi et que je mis à la porte le jour même, dites, vous en souvenez vous?

Le pauvre manufacturier qui voyait déjà où elle voulait en venir, écoutait haletant, éperdu; sa figure avait pris toutes les teintes de l'arc-en-ciel.

Madame Tayeur se leva alors, en proie à une violente indignation, et s'approchant de la courtisane triomphante, elle lui dit d'une voix brève :

— Mademoiselle, je sais tout! tout, entendez-vous? Vous n'êtes ni veuve ni mariée; vous n'avez pas donné un sou de dot à votre fille, quoique vous en ayez reçu quittance; vous êtes de plus la maîtresse de mon mari. C'est vous dire que vous ne pouvez rester ici une seconde de plus! Vous êtes bonne mère, je veux le croire; quelquefois un sentiment humain se glisse dans les âmes les plus dépravées. Lisez ce livre, il vous indiquera peut-être votre devoir.

Et elle lui tendit un volume des *Contes de l'Atelier* de Michel Masson ouvert à la première page de la nouvelle : *Une mère*.

— Monsieur, dit la noble femme, s'adressant cette fois à son mari, nous ne sommes plus, ni l'un ni l'autre, dans l'âge des passions; je ne ferai donc pas de scandale; nous ne nous séparerons point; mais voici mon *ultimatum* : mon honneur, celui de mes filles, le vôtre, celui de notre maison me l'a dicté : ce soir, mademoiselle aura quitté, non seulement la maison, mais la ville, non seulement la ville, mais le pays; jamais elle ne nous écrira; jamais nous n'entendrons parler d'elle. A ce prix, j'oublierai tout, continua-t-elle d'une voix plus émue et je demanderai à Dieu le courage de traiter sa fille comme si elle était la mienne; je vous promets du moins d'avoir pour elle les soins d'une mère : jamais, ni ses sœurs, si elle veut les laisser ici, ajouta-t-elle après quelques efforts sur elle-même, ni mon fils, ne sauront rien de l'odieux complot tramé sous mon propre toit.

Quelques instants d'un silence solennel suivirent ces paroles. Personne n'osait le rompre.

Tayeur n'avait plus conscience de lui-même; Magarthy, rouge et palpitante, parcourait d'un air hagard le livre que madame Tayeur lui avait mis entre les mains; cette dernière, les yeux levés au ciel, lui demandait en récompense de sa vie consacrée tout entière à faire le bien, la force nécessaire pour accomplir jusqu'au bout le devoir rigoureux qu'elle s'était imposé.

A ce moment on entendit le roulement de la voiture qui rentrait. Mézélie, fraîche comme une rose, se précipita dans le salon avec son mari, et suivie de l'escorte obligée des sœurs et belles-sœurs qu'elle venait de gratifier chacune d'un petit bouquet.

— Regardez, mes mamans, dit-elle solennellement à madame Tayeur et à Magarthy, les premières violettes de l'année : je vous les apporte...

Puis, soudain, remarquant l'air embarrassé des trois personnages de la scène précédente...

— Mais qu'avez-vous donc tous? Qu'est-il arrivé?

Casimir lui-même fut ému de cette espèce de consternation qui se lisait sur les visages de ses parents et de sa belle-mère.

— Au nom du ciel... que se passe-t-il ici, s'écria-t-il?

— Rien de bien grave, mon enfant, reprit madame Tayeur... Votre mère, ma chère Mézélie, vient de recevoir une dépêche qui l'a vivement troublée... nous partageons l'impression qu'elle lui cause... et...

— Mézélie, ma fille bien-aimée, dit Magarthy qui avait pris subitement une résolution suprême... pardonne à mon émotion, à ma douleur... mais il faut que je vous quitte...

— Toi, nous quitter, et pourquoi?

— Oui, mes enfants... mais pas pour longtemps... Je reviendrai, oui... je reviendrai... mais il faut que je retourne pour quelque temps à l'île Bourbon... Toute notre fortune est gravement compromise et l'une de vos sœurs, restée là-bas, est gravement malade...

— Oh! maman, emmène-nous avec toi, dirent ensemble Miany et Léonie...

— C'est impossible... Je vous laisse aux soins de votre sœur et de madame Tayeur... Aime-les bien, Mézélie... et s'il m'arrivait malheur... qui sait? un naufrage... Enfin, si vous deviez ne plus me revoir jamais... Priez Dieu pour votre mère!

Les larmes la suffoquaient...

Elle serra convulsivement ses enfants sur son sein... et rassemblant toutes ses forces : Laissez-moi, leur dit-elle, laissez-moi seule avec madame Tayeur; j'ai un dernier entretien à avoir avec elle... Embrassez-moi encore... encore... Ah! mon Dieu! que cela fait de mal de quitter tout ce que l'on aime... Mais je reviendrai... Allez... Laissez-moi... Mais allez donc! Ces derniers mots furent dits avec une colère sourde qui stupéfia ses filles. Elles se dirigèrent silencieusement vers la porte.

— Ah! mes enfants... un dernier baiser!

Magarthy les pressa une dernière fois sur son cœur et leur fit signe de se retirer.

Tayeur et son fils les suivirent et quand les deux femmes furent seules :

— Madame, dit Magarthy, j'ai lu et j'ai compris... Je vous remercie... dans six mois vous recevrez la nouvelle de ma mort et jamais vous n'entendrez parler de moi. Mais, soyez la mère de mes enfants... L'argent que je possède me suffira pour assurer l'avenir de ceux que j'ai encore dans l'île... Aimez Mézélie qui est votre fille maintenant... Elle est innocente, je vous le jure et Dieu le sait. C'est pour mes enfants que j'ai agi. J'ai voulu qu'elles échappassent à la honte de ma vie passée... J'ai voulu qu'elles fussent heureuses et honorées. Mais je n'avais, hélas! qu'un moyen infâme pour parvenir à mon but... Je ne veux pas les revoir... mon cœur se briserait. Je vais tout préparer pour mon départ... Retenez-les encore quelques heures. Ce soir, je serai partie.

Magarthy tint parole et quelques jours plus tard, elle voguait vers Bourbon.

Là s'arrêtent, quant à Magarthy, tous les renseignements que put me fournir la bonne duchesse (1).

Pour les autres acteurs de ce drame, je n'ai pas grandes nouvelles à vous en donner.

Le père Tayeur semble rajeuni de vingt ans, depuis le départ de la créole; ses amis lui sont re-

(1) Quelques personnes prétendent même que l'on a abusé de la crédulité bien connue de la duchesse de Fulgence, et que cette histoire, vraie dans tous ses détails, ne serait, quant au dénoûment, que le souhait d'une âme charitable. J'ignore ce qu'il en est de cette nouvelle version d'une histoire pleine de versions si diverses.

venus en foule; il a donné un grand concert il y a quelques jours; tout Paris y assistait. — Cette femme l'avait, pour ainsi dire, complétement annihilé et transformé. L'amour s'était envolé depuis la mort de l'enfant d'Etretat, et aujourd'hui le vieux millionnaire avoue *qu'il est, ma foi! enchanté d'être débarrassé de son cauchemar!*

La phrase est dure, mais elle est textuelle.

Les jeunes mariés sont heureux et ne paraissent pas près d'avoir achevé leur beau gâteau de miel.

Miany et Léonie grandissent et attendent chaque jour leur mère qui ne reviendra plus.

Le prince d'Armagne ne cherche plus l'amour idéal, il a pris un antidote contre les passions sérieuses. Son contre-poison s'appelle Muguette et fait semblant de danser à l'Opéra... Elle lui coûte cinq mille francs par mois et le trompe avec un garçon coiffeur. Le prince se trouve le plus heureux des hommes.

Reine est toujours la fée gracieuse que vous savez.

Berthe Legrand vit heureuse à la campagne et ne désire que médiocrement le retour dont son mari la menace galamment tous les printemps.

De Prissé adore toujours la duchesse qui ne lui écrit plus... ce dont il enrage.

Je crois avoir fait mon devoir de romancier jusqu'au bout et n'avoir oublié personne.

— Pardon, me dit mon éditeur, votre dénoûment n'est pas complet... Et madame du Tilleul et Simon Lenoir?

— Encore... Eh bien! cher monsieur, soyez obéi jusqu'au bout.

Madame du Tilleul est morte réellement folle et Simon Lenoir, s'appelle maintenant le n° 135... La brebis est rentrée au bercail... de Toulon... Il s'ennuie en France, dit-il, et je ne le suppose pas éloigné de désirer faire un voyage d'agrément à Cayenne.

Chers lecteurs, si j'apprends quelque chose de nouveau, je vous en ferai part dans un troisième volume qui aura pour titre la *Résurrection de Magarthy* ou les *Filles de l'aventurière*... Mais j'ai tout lieu de penser que je n'aurai plus à vous reparler de Magarthy ni à m'occuper de la famille Tayeur et de nouvelles aventures. Le calme est revenu dans le paisible intérieur. Le foyer domestique a droit au respect et au silence.

MARIE RATTAZZI.

28 février 1865.

UNE

VENGEANCE NOUVELLE

UNE VENGEANCE NOUVELLE

I

Mon colonel, tu n'as pas l'air content!
(SCRIBE.)

Le colonel Raymond est aujourd'hui un homme de cinquante-sept ans, grand, robuste et portant haut la tête, vrai type de *soldat*, il jure, sacre et tempête, tant qu'il se trouve en compagnie d'officiers. Il vide sa chope d'un trait, fume une pipe d'écume, montée en vermeil, qu'il a gagnée à une poule militaire, et il s'est battu comme un lion à toutes les affaires auxquelles il a assisté. Sa poitrine est constellée de décorations et de médailles. Il est fort comme un Turc, — si toutefois il soit vrai que les Turcs soient des hercules privilégiés! — Il est adroit à tous les exercices du corps : —

à l'épée, ses dégagements passeraient dans l'alliance d'une jolie femme et il abat les hannetons à tous coups avec ses pistolets d'arçon. — Sa voix est rude et quand il crie *marche!* sur le Champ de Mars, il y a toujours un ou deux carreaux de brisés à l'École militaire. Il est veuf, et il a mis sa fille unique, une charmante blonde de douze ans, dans une bonne pension de province, à Besançon, je crois. Il vit en véritable officier. Le service et le café, il n'a pas d'autre occupation. Quoique âgé de cinquante-sept ans, il ne se pique pas de sagesse, et comme sa fortune lui permet d'être généreux, il se pose encore de temps en temps en Céladon. Un cachemire à la petite Z. des Délassements, une broche à la grosse X. du Cirque Impérial; une robe de mérinos à la petite marchande de violettes Y. et quelques soupers chez Bordier avec la gourmande Z. qui dévore si galamment les huit douzaines d'huîtres d'Ostende; tous ces cadeaux prouvent le faible du colonel pour les brebis égarées qui ont laissé leur laine candide à tous ses buissons... d'écrevisses... de Paris. — Cependant, au milieu de sa vie si bien remplie, il a quelquefois des moments de rêverie passagère... Ainsi, au milieu d'une manœuvre, — entre deux carambolages ou même, dans un doux tête-à-tête, — on l'a surpris plongé tout à coup dans une complète distraction, les yeux fixes et comme absorbé par un souvenir fâcheux; mais cela ne durait que fort peu de temps... Il secouait bien vite la tête, passait la main dans sa longue barbiche, et suivant la circonstance, s'écriait : « Bath! au diable : c'est fait! c'est fait! Par quatre batteries attelées, en avant! — Passez-moi le blanc, capitaine. — Tu es la plus jolie fille que je connaisse! »

Ses amis, et ils sont nombreux, car, à part sa brusquerie, c'est le plus gai compagnon de la terre, ses amis, disons-nous, sont habitués à ses petites absences et n'y attachent aucune importance : seulement ils l'ont surnommé *le colonel c'est fait! c'est fait!* mot qui sert toujours de conclusion à la petite crise que nous avons signalée.

Mais nous qui cherchons partout des sujets d'étude, nous avons attribué ce « c'est fait! c'est fait! » à quelque action passée du colonel Raymond, et nous avons eu la curiosité de remonter en arrière et de nous renseigner à ce sujet. Comment avons-nous su ce que nous allons raconter? c'est là notre secret... qu'il suffise de savoir que nous n'inventons rien et que, hormis les noms, bien entendu! — tout est de la plus scrupuleuse vérité.

En 18... M. Raymond n'était que capitaine d'artillerie et beaucoup moins viveur qu'aujourd'hui. Il travaillait alors à un traité sur je ne sais plus quel canon de son invention, un canon merveilleux, paraît-il, et qui devait tuer dix fois plus vite et dix fois plus que tout autre, une quantité donnée, de gens dressés à cet effet. Il allait peu au café, ne courait pas la prétentaine et songeait à se marier. Quoi de plus naturel! Il avait quarante-deux ans, dix milles livres de rente, cinq campagnes, trois honorables cicatrices, était capitaine et s'occupait de l'amélioration du genre humain par la voix harmonieuse des pièces de vingt-quatre. C'était le moment où jamais de prendre femme. Il rêvait un joli petit intérieur... Il se voyait, l'hiver, au coin de son feu où bouillottait l'eau d'un grog éternel, travaillant à sa petite machine, tandis qu'une jeune et charmante femme à lui, à lui tout seul! coupait, de sa blanche main, les zestes de citron et lui bourrait sa pipe d'écume montée en vermeil! — Tout cela dans un petit salon bleu, — qui est-ce qui n'a pas rêvé un petit salon bleu? — en robe de chambre, en calotte grecque et les pieds dans une chancelière en peau d'ours! — Le capitaine n'en resta pas au projet; il résolut d'arriver le plus tôt possible à l'exécution... Il aimait à ce que les choses, une fois décidées, marchassent promptement et sûrement, son canon le prouve du reste! Une seule chose le retarda de quelques jours. Il ne savait pas avec qui se marier. Il allait quelquefois dans le monde; mais, jusque-là, il n'avait remarqué aucune femme. Le capitaine Raymond se promit de faire attention *au beau sexe*, — il disait le *beau sexe!* — la première fois qu'il irait au bal du préfet de Besançon; et, comme c'était un loyal militaire, il se tint parole. Il arriva chez le préfet à dix heures, en sortit à minuit, et décida, à son petit coucher, qu'il était amoureux fou de mademoiselle Virginie Poulet, fille unique de M. Augustin Poulet, notaire, veuf, et qui donnait 200,000 francs de dot à sa fille. Le lendemain le capitaine Ray-Canon, — pardon! — pardon! le capitaine Raymond, en grande tenue, pénétrait dans l'étude de M. Poulet et lui demandait la main de mademoiselle Virginie, qui ne se doutait pas de son bonheur. Le notaire ayant attentivement lu les divers papiers dont s'était muni le capitaine, et ayant constaté que les dix mille livres de rente annoncées étaient bien réelles, serra cordialement la main du brave militaire, en le nommant son gendre. Au dîner, le notaire apprit à sa fille qu'elle allait se marier; Virginie voulut répliquer; son père la pria gracieusement de se taire. — Aussi promptement que le capitaine avait décidé qu'il adorait Virginie, aussi promptement le notaire décida-t-il que sa fille adorait le capitaine.

Mademoiselle Virginie Poulet avait vingt ans à peine. Elle n'était pas ce qu'on appelle une beauté ; mais elle plaisait tout d'abord par sa douceur et sa placidité. De taille moyenne, mais fine et ronde, elle avait, sans excès toutefois, une opulence de forme qui devait la rendre désirable à une certaine classe d'hommes. De beaux yeux, d'un bleu douteux, mais qui étaient fort séduisants et dont elle savait habilement se servir ; une bouche adorable, des dents magnifiques, un nez quelque peu retroussé et un menton à fossette formaient un ensemble piquant et sa coiffure à la Sévigné lui allait à ravir : des boucles blondes se jouaient sur son visage blanc et rose, laissant par instant à découvert de petites oreilles pleines de finesse et de transparence. Les pieds et les mains étaient ordinaires. Quant à son caractère, il n'était ni bon, ni mauvais. Elle avait perdu sa mère fort jeune et avait été élevée jusqu'à dix-sept ans au couvent, où elle n'avait jamais mérité de reproches bien sérieux, tout en n'y remportant aucun succès éclatant. Depuis trois ans qu'elle était revenue chez son père, elle subissait le joug d'une vieille servante maîtresse, à qui M. Poulet, le notaire, laissait toute autorité dans la maison. Elle ne voyait son père qu'aux heures de repas et quand il la conduisait au bal ou en soirée. Le reste du temps, elle faisait ce qu'elle voulait... de la tapisserie, du crochet ou de la gymnastique sur son piano... D'autrefois, elle lisait des romans... Elle sortait quand elle voulait, toujours suivie d'un domestique, soit pour aller à la messe, soit pour faire des visites à ses bonnes amies; mais, pour tout ce qui regardait l'administration de la maison, elle n'avait aucune voix au conseil. La vieille servante régnait despotiquement chez le notaire. Virginie avait le cœur tendre, selon l'expression usitée, elle avait déjà ébauché trois ou quatre petits romans avec les jeunes clercs de M. Poulet... mais elle possédait au suprême degré l'art de dissimuler son petit manége. Sa figure ne disait jamais rien des secrets de son cœur. — Privée des soins d'une mère, elle avait toujours renfermé ses impressions en elle-même et, il faut l'avouer, sa petite tête ne conseillait pas très bien son petit cœur. Je ne dis pas qu'elle fût capable de gros péchés mortels... mais elle était bien légère et elle avait certaines tendances à l'abandon qui devaient souvent exposer sa sagesse à de singuliers combats. Nous n'insisterons pas longtemps à ce propos. Virginie était une femme, comme il y en a beaucoup : son cœur n'était pas vaillant dans le danger, il ne savait pas ou ne voulait pas se défendre; mais, s'il était souvent vaincu, il se consolait facilement de ses défaites et s'exposait bien vite à de nouveaux périls. Elle n'avait jamais réellement aimé : peut-être un amour profond l'eût-il guérie de cette faiblesse, peut-être y avait-il en elle un foyer tout prêt à s'enflammer ; mais était-ce bien le capitaine Raymond qui devait y porter l'étincelle sacrée.

Virginie, quoiqu'elle n'eût aucun goût pour son futur mari, n'opposa pas de résistance aux volontés de M. Poulet. Elle n'eût pas eu le courage de lutter contre qui que ce fût, à plus forte raison contre son père !

Un mois après la demande de Raymond, Virginie Poulet faisait son entrée dans le petit salon bleu du capitaine. Celui-ci était enchanté de son mariage. Sa femme ne le contrariait en rien : elle lui coupait son zeste, lui bourrait sa pipe, la lui allumait même au besoin et lisait silencieusement quand son mari ruminait, écrivait, dessinait, corrigeait, grattait et suait à grosses gouttes sur son fameux canon modèle. — Le rêve du capitaine était réalisé ! — Il avait dix mille livres de rente de plus et, sous la main, une jeune femme gentille et complaisante, sans volonté et toujours disposée à lui être agréable. Quelle heureuse vie c'était que celle-là pour un capitaine de quarante-deux ans, qui avait des goûts tranquilles ! Quels plaisirs variés il trouvait, le soir, dans son petit salon bleu, passant tour à tour de sa pipe à son grog, de son grog à sa femme et de sa femme à son canon : le capitaine Raymond s'estimait le plus heureux des hommes! Toute sa personne avait subi une transformation... Il semblait avoir grandi d'un pied, tant il se tenait droit... Il avait pour ses subordonnés, augmenté encore la collection de ses jurons. Les canonniers tremblaient en entendant, de loin, la voix du terrible capitaine, qui n'était terrible qu'en apparence, car il était juste et bon pour les soldats; mais sa justice et sa bonté affectaient des formes tellement rudes, qu'on le craignait comme le feu. Dans les commencements, Virginie s'effraya un peu des blasphèmes du capitaine; mais elle était femme et elle vit bientôt que derrière le soldat brutal et grossier, il y avait un homme qui devenait tous les jours plus amoureux d'elle et, au bout de deux mois, si elle l'avait voulu, Virginie aurait pu mener par le nez l'inventeur du canon à jet continu! Mais Virginie était trop paresseuse pour se donner la peine d'exprimer une volonté : elle aimait bien mieux se laisser conduire que de conduire les autres. Elle avait beaucoup de la chatte, moins les griffes. C'était une de ces natures molles et nonchalantes, qui ne sont pas méchantes, mais qui ne sont pas bonnes non plus... Elle n'aimait pas son mari; mais elle le subissait sans trop d'ennui... Il la dorlotait, la câlinait et elle se laissait faire avec plaisir, comme la chatte fait son *ronron*, en fermant les yeux, sans regarder seulement qui la caresse. — Elle n'embrassait pas souvent le capitaine; mais elle se laissait embrasser tant qu'il le voulait. M. Raymond, lui, l'adorait! Ce qui n'avait été pour lui qu'une affaire agréable et commode dans le commencement devint peu à peu une véritable passion. Jusque-là, il n'avait connu que les amours de garnison, amours passagères s'il en est, où le cœur n'entre pour rien, ni d'un côté, ni de l'autre; amours qu'on oublie au bout de huit jours et qu'on traite par dessous la jambe. Dans la vie des camps, il n'avait jamais pensé qu'à son métier, qu'à son devoir. Officier modèle, guerrier intrépide, toujours occupé de stratégie, d'armes et de calculs abstraits, le capitaine Raymond était arrivé à quarante-deux ans, sans se douter que, vis-à-vis d'un amour vrai, il faut baisser pavillon. Son cœur, de bronze jusque-là, se fondit tout à coup. Il était touché, bien touché, lui, le guerrier, lui l'inventeur du canon-revolver, touché par une enfant de vingt ans et percé de part en part. Mais à mesure que son amour grandissait, à mesure que la passion l'envahissait, à mesure aussi le capitaine jurait-il, tempêtait-il et était-il ravi! Virginie était toujours présente à sa pensée.

Il ne savait pas rentrer dîner, sans lui apporter un bouquet ou des bonbons, ou autre chose qui prouvât à la jeune femme qu'il avait pensé à elle.

— Tonnerre... une marchande de fleurs idiote, une... une... qui m'a fourré ce bouquet dans les mains! Vieille sorcière! Puisque je l'ai, mille mortiers! Il faut qu'il me serve..... Le veux-tu, Virginie? Ah! fichtre de...! tu le porteras à table, ma chérie, ma petite ravigotte... Ah! bigre! j'ai une faim à fendre l'arche!

Les choses en étaient là, quand le capitaine reçut une lettre encadrée de noir... Il la lut tout pensif. Quand il releva la tête, Virginie vit une larme dans ses yeux.

— Qu'y a-t-il? Tu pleures, toi, mille bombes! dit Virginie qui s'amusait à cueillir, de temps en temps, une fleur modeste dans le jardin des jurons du capitaine.

— Un vieux brave! Il a été un père pour moi! Fichtre! Enfin il est mort à cheval, mille squelettes de Bédouins! Son fils m'écrit... Il est triste... il me demande à passer un semestre avec nous... Il est de mon âge, sambleu! Je l'aime comme un frère! Je vais lui écrire que nous l'attendons, mille millions de bombardes! Nous ferons notre piquet le soir..... Tu le recevras bien... c'est un frère! Sacré nom!... Un vrai celui-là!

II

> Et puisque je retrouve un ami si fidèle,
> Ma fortune va prendre une face nouvelle.

Tout fut mis en l'air pour recevoir dignement le frère d'armes du capitaine! On meubla, on tapissa une chambre au second étage, qui lui fut destinée pour tout le temps de son séjour... Et, pendant que le capitaine Raymond versait des torrents de blasphèmes sur ses obscurs décorateurs, monsieur le lieutenant en premier, Édouard Launoy, traversait la Méditerrannée et prenait le chemin de fer à Marseille!

Quel était ce lieutenant en premier qui avait nom Édouard Launoy?

Nous vous le dirons en quelques lignes.

Le lieutenant Launoy n'avait pas quarante-deux ans, comme l'annonçait Raymond dans un petit accès de vanité pardonnable à un capitaine amoureux fou de sa femme. Édouard n'avait que trente-sept ans. Cette différence de cinq années en faisait un tout autre homme que le mari de Virginie.

C'est surtout, passé la trentaine, que l'on s'aperçoit que quatre ou cinq ans de plus ou de moins comptent dans la balance. Un jeune homme de vingt ans est du même âge, aujourd'hui, qu'un autre de vingt-quatre... mais un homme de trente-six ans n'est plus le même qu'un homme de quarante. — Pourquoi? Je n'en sais rien! mais, cela est. — Il est vrai que, plus on avance dans la vie, moins cette différence est sensible : une fois la soixantaine sonnée, le vieillard de soixante-deux ans n'est pas plus jeune que celui de soixante-cinq. Les jeunes gens aiment le plaisir, les vieillards aiment le repos et ce ne sont pas cinq ans de plus ou de moins, tant qu'ils sont dans l'une ou l'autre de ces périodes, qui les empêchent de se livrer aux goûts particuliers à chacune d'elles. Mais à ce *pont de la vie* qui s'appelle la maturité et sur lequel on paie des deux côtés : en illusions, pour entrer, en résignation pour sortir, — à ce *pont* si dangereux à franchir, chacun se dispute ardemment la voie... C'est le pont d'Arcole de l'existence! Or nos deux officiers y étaient entrés d'une manière différente... Le capitaine Raymond, qui n'avait jamais eu d'illusions, était passé sans payer; mais Édouard avait laissé au guichet fatal un premier et *unique* amour. Il avait aimé, passionnément aimé, une femme qui s'était ri de son amour... Il avait possédé cette femme et elle l'avait quitté sans pitié, pour se prostituer à un ténor en renom. Alors il avait scellé son cœur et s'était dit : « Je n'aimerai plus ! »

Il ne faut pas dire *jamais*, comme chante la chanson, et ceux qui prétendent qu'on n'aime réellement qu'une fois dans la vie, m'ont toujours fait l'effet de superbes égoïstes. — J'ai interprété cette phrase ainsi : — si c'est une femme qui parle, — *on n'aime jamais qu'une fois* veut dire simplement ceci : « J'ai inspiré une profonde passion à X... Il *s'étourdit*... Je l'ai trompé... bafoué... Moi, je ne l'aimais pas ! Mais Lui il est frappé au cœur... Je suis son premier et son dernier amour, on n'aime jamais qu'une fois ! » — Si c'est un homme, au contraire, cette formule peut s'expliquer de cette manière : « Je suis son premier amant, moi, qui ai eu plus de maîtresses qu'Alexandre Dumas n'a de décorations ! Elle m'a planté-là ! mais elle *s'étourdit*... Elle ne pourra jamais m'oublier, on n'aime jamais qu'une fois ! »

Cet axiome m'a toujours fait sourire dans la bouche de la plupart de ceux qui l'emploient : *On n'aime jamais qu'une fois !* Au paradis, il y avait Adam, qui était beau *comme l'antique !* — Ève, qui était assez gracieuse, au dire de ceux qui l'ont vue... Eh bien, — ELLE s'est fait cueillir des pommes par un affreux serpent... *On n'aime jamais qu'une fois!* — Si ç'avait été une vipère, ce serait lui qui aurait commencé! — *On n'aime jamais qu'une fois!*

Donc, le lieutenant Launoy avait dit : « Je n'aimerai plus! » Il avait dit cela, d'une petite voix flûtée, en dégustant un verre de malaga, chez le chef d'un bureau arabe...

Mais je m'aperçois que je ne vous ai pas encore tracé le portrait d'Édouard, le lieutenant en premier d'artillerie montée qui ne doit plus aimer jamais, jamais!

Vous savez son âge, trente-sept ans... Mais trente-sept ans blonds et bleus. Voilà pour les yeux et les cheveux... Une taille bien prise, quoique annonçant une légère tendance à l'obésité pour plus tard!... de jolies dents, moustaches en crocs et impériale menue, mais fine comme de la soie cardée... Épaules large, bras nerveux, mains fines et petits pieds, voilà l'homme physique.

Au moral, il jouait de la flûte, cultivait *les muses* et était aussi bon soldat que le capitaine, mais d'une autre façon... Il était mielleux, ne jurait jamais et avait quelque chose de féminin dans sa manière de juger les choses. Du reste, brave et d'une loyauté indiscutable, il n'avait jamais eu d'ennemis... Il n'empêchait personne de jurer, buvait un peu moins que ses camarades et croyait à l'amour immuable et éternel. Personne ne le raillait. Les officiers, pour la plupart, aiment les amours faciles, mais ils respectent tout ce qui ressemble à une passion vraie... Ils comprennent tous le *parfait amour*, seulement ils n'ont pas le temps de se livrer à cet exercice, Édouard Launoy avait pratiqué le parfait amour et on lui pardonnait bien des petites choses à cause de cela.

— Ce diable d'Édouard, disait un jour le gros major Güttmann, il m'inquiète... Il change à vue d'œil... Je n'ai jamais été amoureux et j'en remercie Satan... Ce gaillard-là n'aura jamais un ventre comme nous!

Et il allongea une tape fraternelle, coup de seconde, au capitaine trésorier.

La mort de son père avait achevé de rendre Édouard Launoy intéressant, et ce fut d'un air vraiment sentimental qu'il aborda son vieil ami le capitaine Raymond, en arrivant à Besançon.

— Pauvre Édouard, sacré nom... Ton père, vois-tu! ah! ton père! Cornes du diable! Bon soldat! oh! gueux de Bédouins... quand mon canon sera fini! Sacré mille boulets... nous rirons! Ici, Virginie... Embrassez-vous!... Plus fort! Hein, c'est à moi, çà... un trésor... mais un trésor numéro un... Tu vas goûter le vin blanc, nom d'un tonnerre... Virginie, si Victoire rate le salmis, je lui crève l'œil gauche avec sa dernière dent! Pauvre vieux!... et le cœur?... ah! je vois ta mine... toujours déconfit... pour une... suffit! Pas mauvais, le blanc, hein? Viens voir ta chambre.

Et il emmena son ami dans son nouveau logement. Virginie avait été surprise de l'arrivée du jeune et blond officier, qui paraissait avoir dix ans de moins que son mari... Elle l'avait *dévisagé* en un seul coup d'œil, coup d'œil de femme ennuyée, c'est tout dire... et elle l'avait trouvé charmant!... Et puis, son mari lui avait tant de fois parlé de ce pauvre ami, son frère d'armes, le fils du meilleur des hommes et qui avait été trompé par une drôlesse... une... une... une *scélérate*, enfin! à qui il avait donné sa vie tout entière, qu'elle avait soudain pris intérêt à ce pauvre blessé de l'amour, cœur doublement orphelin et qu'elle se promit de faire tout ce qu'elle pourrait pour lui rendre son séjour à Besançon agréable.

On était en ce moment en plein été... Le lieutenant en premier, le capitaine et Virginie ne se quittaient point. Le deuil de Launoy lui interdisait de trop longues stations au café des officiers, mais des promenades aux environs de la charmante ville de

Besançon... les visites aux antiquités architecturales dont regorge la Franche-Comté, les dîners improvisés dans les fermes, les déjeuners au jardin du capitaine, faisaient un dérivatif suffisant aux douleurs d'Édouard. Souvent, le soir, le capitaine Raymond se sentait pris d'un fougueux désir de travail...

— Nom de..., s'écriait-il, je crois que je le tiens cette fois... Fichez-moi le camp tous les deux... allez courir les champs. Je veux donner un coup de lime à mon canon.

Il s'enfermait alors dans le salon bleu, écrivait, corrigeait, dessinait, gravait, grattait, et la femme et le lieutenant, bras dessus, bras dessous, allaient faire des couronnes de bluets et de chrysantèmes... C'était bien, tant que le jour éclairait les champs; mais, peu à peu, la nuit tombait, chaude, embaumée, mystérieuse et, assis sur quelque talus, ou au pied de quelque taillis, les jeunes gens causaient... Or de quoi causer quand on est jeune tous deux, seuls tous deux, que la nuit est tiède et que les derniers chants du rossignol viennent caresser votre oreille! Virginie et Launoy causaient donc d'amour... ou plutôt, Launoy... car Virginie écoutait attentive le récit des péripéties diverses de cette passion qui avait *tué* le cœur d'Edouard. Jamais elle n'avait entendu pareille musique...

Elle avait bien lu des romans, nous l'avons dit; mais quelle différence du roman écrit au roman parlé. Launoy avait l'organe suave et sympathique, et, quand il lui racontait sa première rencontre avec celle qu'il devait adorer plus tard, quand il lui disait comment il avait senti soudain tout son être remué par une commotion électrique, et comment une voix intérieure lui avait dit : « C'est celle-là, c'est celle que tu aimeras pour toujours ! » — alors, Virginie était troublée, émue, agitée ! Jamais, ni les clercs de maître Augustin Poulet, ni le capitaine Raymond, ne lui avaient dit rien de semblable. Quand elle revenait de ces promenades à deux, elle était oppressée, elle avait envie de pleurer, son cœur lui faisait mal dans sa poitrine et elle rêvait, derrière un rideau, dans l'embrasure d'une croisée, de serrements de main furtifs, de billets roses glissés au bal, de fleur tombée par la fenêtre et de toutes ces petites choses, qui sont les confitures dont les amoureux du genre Launoy couvrent les premières tartines de l'amour. Pauvre lieutenant! sa tartine, à lui, était tombée du côté beurré! Il ne pouvait s'en consoler! — Si elle avait été aimée ainsi! elle? — Si, au lieu du capitaine canon, elle avait rencontré tout d'abord le lieutenant joueur de flûte, poétique et sentimental, qui paraissait avoir dix ans de moins que son mari, et qui était bien plus joli garçon que tous les clercs de l'étude de son père! si!... si!..

De son côté, Edmond Launoy, sans se rendre compte de ses sentiments, éprouvait un grand charme à se trouver seul avec Virginie et c'était toujours avec plaisir qu'il entendait son ami les prier de lui *ficher* la paix, pendant la soirée. Ils s'enfuyaient tous les deux, comme deux écoliers en vacances, et les causeries reprenaient leur train... Ils ne se trouvaient à leur aise qu'ensemble. La société du capitaine les gênait. Il jurait, parlait machines de guerre, avancement, promotions... et cela les agaçait profondément. Ils auraient voulu continuer leurs entretiens sur l'amour sans bornes et l'union immortelle des cœurs. Mais le capitaine, — s'il aimait passionnément sa femme, — était complétement étranger à toutes les petites théories marivaudées de Launoy : il aimait sincèrement, mais à la façon du soldat, tandis qu'Édouard avait des tendances à la mythologie, à la bergerie, qui touchaient les cordes sensibles de Virginie.

Le capitaine Raymond ressentait pour Launoy l'affection la plus réelle et la plus dévouée; aussi lui ouvrait-il son âme en pleine liberté et, mari amoureux, commettait-il, à chaque instant, des indiscrétions, auxquelles ses jurons accoutumés donnaient plus de valeur encore! Ces indiscrétions ne laissaient pas que de faire rêver le lieutenant en premier. Le capitaine, tout loyal qu'il fût, n'avait pas la pudeur de son bonheur. Il poussait quelquefois à l'extrême ses confidences conjugales et Launoy lui disait souvent :

— Ah! capitaine, tu vas trop loin?

— Eh! Fichtre! *Donne*-moi donc la paix! Tu es mon ami, nom d'un pétard! Mon frère, mille couleuvrines! Il n'y a pas d'indiscrétions avec toi, mille chameaux! Tu es le vieux de la vieille des vieux, nom d'une batterie enclouée aux cosaques, Figure-toi donc...

Et, une fois parti, le capitaine ne s'arrêtait plus.

Il résulta de tout cela, que la fin du semestre approchant, Édouard Launoy était amoureux fou de la femme de son ami et que celle-ci était toute prête à adorer le lieutenant! Mais, rien ne trahissait au dehors, cette double passion, éclose dans le mystère. Les deux jeunes gens ne s'étaient jamais dit un mot sur ce sujet périlleux; mais leurs regards avaient parlé! Enfin! il était temps que Launoy partît.

Le capitaine Raymond devait être aveugle jusqu'au bout. Un jour, à déjeuner, on lui remit une lettre qui le fit bondir sur sa chaise. Il lança, à bout portant, cinq ou six jurons...! Et, sautant au cou de Launoy ébahi, il lui dit, en l'étranglant presque :

— J'ai réussi ! Nom d'un tonnerre, embrasse-moi ! Embrasse Virginie... plus fort que ça ! Tiens, animal, brute ! Tiens, mon vieux ! Voici ton brevet de capitaine... et dans mon régiment encore !... Hein !... Tu remplaces, au choix... entends-tu? *Au choix! au choix!*... le capitaine Croisé, de la quinzième... Ah ! animal ! nous ne nous quitterons plus... Ventre de moine ! Barbe de capucins ! Mais ris donc, vampire ! — Ris donc, Virginie !... C'est le plus beau jour de ma vie depuis que je t'ai épousée, ma petite ravigote... Tu auras un cachemire blanc pour ma peine... Tonnerre !... Mille cartouches !... Sabre du diable !... Mitraille de l'Etna, de l'Hécla, du Vésuve et de l'ophicléide ! Si tu n'as pas la rosette dans un mois, mille pintes de vitriol, je ne m'appelle plus Raymond !

III

La prit trop jeune, bientôt s'en repentit.
(*Le Sire de Framboisy.*)

. . . .

— Non, nous n'avions jamais aimé jusqu'à présent!

. . . .

IV

Caïn, qu'as-tu fait de ton frère?

Trois ans se sont passés!

Rien n'est changé dans la maison de Raymond; il est commandant, voilà tout! — Toujours jurant, travaillant au fameux canon incomparable, le commandant Raymond se regarde comme le plus heureux des mortels. Sa femme vient de lui donner une jolie petite fille; son ami et son commensal Édouard Launoy a été le parrain de l'enfant, et Virginie, parfaitement remise, est plus aimable pour lui que jamais. Une bonne grosse nourrice du Jura est venu demeurer à la maison... Le soir d'hiver, où nous revoyons nos personnages, les trouve tous les trois dans le petit salon bleu.

Le grog bout, les pipes fument. Raymond et Launoy jouent dix sous en cent cinquante, et Virginie surveille les pipes et les verres, tout en lisant un livre nouveau.

Voilà l'existence publique.

Mais il se passe des scènes navrantes dans la coulisse.—Launoy est, depuis longtemps, l'amant de Virginie. Cet homme, jusque-là loyal, honnête et pur, a commis ce crime hideux de déshonorer la maison de son meilleur ami!... Il se repent, il méprise Virginie; il se fait horreur à lui-même! Mais cette femme lui a dit un jour : « Si tu me quittes jamais, je dis tout à Raymond et je me tue *avec ta fille!* » Et il a peur... non pas d'un duel, non pas de la mort! Il a peur du désespoir de son ami; il ne veut pas que cette petite fille, que Virginie dit être de lui, soit la victime d'une révélation. Il connaît sa maîtresse : il la sait capable de tout dans sa folie, et il continue à jouer un rôle honteux, entre ce mari confiant et cette femme affolée. Car Virginie l'aime : oui, cette petite créature si facile, si légère... elle aime! Elle aime de toutes les forces de son âme... Elle aime avec passion, avec délire le capitaine Édouard Launoy, et rien ne lui coûtera pour le conserver. En vain lui répète-t-il qu'ils sont infâmes tous deux : que ce qui n'a été qu'un égarement passager devient un crime en se prolongeant... Elle ne veut rien entendre. — Elle est femme et elle aime! Que lui importent les susceptibilités de son amant!... Elle ne voudrait pas qu'il eût une maîtresse, et elle le tuerait sur la preuve d'une trahison. Cependant, elle trouve tout naturel d'appartenir, à la fois, à ces deux hommes, qui sont constamment ensemble! — Elle ne comprend pas que Launoy ne lui soit pas reconnaissant de ce qu'elle fait : elle hait son mari... oui, elle le hait, depuis qu'elle aime Édouard, et, chaque fois qu'elle se montre attentive, empressée pour lui, elle s'imagine faire un immense sacrifice à son amant, et elle s'étonne qu'il ne la remercie pas à genoux des bontés qu'elle a pour son mari!... Le cœur des femmes est insondable. Une fois qu'il est envahi par l'amour, il ne reconnaît plus de lois morales! La femme qui aime ne raisonne plus qu'au point de vue de son amour : c'est tout pour elle, le reste n'est rien... Cette existence de mystère, ces craintes continuelles de surprise, tout ce qui désole et humilie Launoy, lui est presque indifférent. C'est elle qui trouve tous les moyens, qui invente toutes les ruses, qui prévoit tous les dangers, et qui écarte tous les obstacles. S'il est parfois gêné en présence du commandant, Virginie, elle, est toujours calme et souriante.

Quant à Édouard, il change à vue d'œil... Le remords le ronge, et, parfois, il reste la nuit entière dans sa chambre, la tête dans ses mains, les yeux fixes, et il pense :

— Ainsi, voilà où j'en suis venu, à quarante ans! à voler la femme de mon frère d'armes, de celui que mon père me donna pour compagnon dès ma jeunesse... Cet homme qui m'aime, qui se jetterait dans le feu pour moi... cet homme, à qui je dois mon avancement, ma croix d'officier... Officier sans honneur, faux ami... Judas et Caïn à la fois! Voilà ce que je suis, moi, Édouard Launoy, trois fois porté à l'ordre du jour de l'armée! Dérision! Tout le monde me croit honnête... Tout le monde m'honore, et cependant, bien des gens qu'on dégrade sur la place publique, l'ont moins mérité que moi! C'est affreux! Je suis maudit!

— Non, tu n'es pas maudit! Je t'aime!

C'est Virginie qui a trouvé le moyen de venir passer une partie de la nuit auprès de son amant. Quelques gouttes d'opium lui ont procuré quelques heures de liberté.

— De l'opium! s'écrie Édouard... mais à quelle dose ?

— Oh ! très peu. N'aie pas peur, méchant ! Tu l'aimes donc mieux que moi, cet homme... Il n'en mourra pas ; non ! ajoute-t-elle en serrant les poings, non ! il n'en mourra malheureusement pas !

Édouard est interdit devant cette rage concentrée... il a peur de Virginie... mais elle est déjà à ses genoux, belle d'amour effréné, et ses yeux fixés sur les siens ont bientôt reconquis leur funeste empire.

V

Amour, beauté, le temps moissonne !
Après le sourire, les pleurs...
On aime un jour, le glas résonne
Adieu, l'amour, adieu, les fleurs.

— Fichez-moi le camp tous les deux ! s'écriait le commandant, un soir du mois de juillet. Je vais agrandir la bouche de Tranche-Montagne !

Le canon avait été baptisé d'avance de ce nom harmonieux.

Les deux complices sortirent et se retirèrent précipitamment vers la route... puis, tournant la maison, ils y entrèrent par le jardin et s'enfermèrent dans un petit kiosque, où des rideaux épais ne permettaient pas aux regards indiscrets de pénétrer.

— Enfin, nous pouvons causer librement, mon bien-aimé! dit Virginie, en jetant son châle et son chapeau sur une table.

— Mais, es-tu sûre?

— Tu es fou! Jamais *il* ne se dérange quand il travaille à son canon... As-tu réfléchi à ma lettre?

— Oui.... mais songes-y... Fuir tous les deux, emmener l'enfant... Quel scandale! Ce pauvre Raymond est capable d'en mourir.

— Ne t'occupe pas de lui.

— Silence! on marche dans l'allée...

— Tu te trompes... Regarde plutôt...

Elle souleva le rideau ; il n'y avait personne dans l'allée.

— J'ai toujours peur... Ah! quelle vie misérable!

— Je te comprends... Oui, notre existence est affreuse, et c'est pour cela qu'il faut y mettre un terme... Écoute-moi bien... J'ai cent mille francs à moi, dans ma poche.

Comment! c'est impossible!

— Je les ai, voilà le fait... J'avais deux cent mille francs de dot. Je n'en prends que la moitié... c'est généreux... Tu as cinq mille livres de rentes... nous serons riches... Nous partirons, cette nuit;

si tu veux, et quand il se réveillera, et il se réveillera tard, je t'en réponds... nous serons à Lyon. Nous prendrons une chaise de poste, et nous serons dans deux jours à Turin... Tu enverras ta démission ce soir même... L'enfant couche à côté de la nourrice; nous l'emporterons sous ton manteau.

— Mais, Virginie... c'est une folie... Je ne puis...

— Ne me dis pas que tu refuses... Édouard, je t'aime! je ne puis vivre ainsi... Je suis ta femme à toi, à toi seul! Ton enfant t'appelle... Veux-tu donc le laisser élever par un autre... Nous serons heureux tous les deux... bien heureux... Je t'aimerai tant!

Larmes, baisers, sanglots, tout fut mis en œuvre... Launoy fléchissait... Mais Virginie se jetant, éperdue, au devant de lui, s'écria :

— Tu consens, tu consens! Ah! qu'un baiser scelle cette promesse.

Un baiser retentit dans le kiosque; mais, en même temps, la porte vola en éclats, et le commandant Raymond parut sur le seuil... Il était pâle comme la mort... Sa voix était ferme cependant et, pour la première fois de sa vie, presque douce.

— Ah! vous partez ce soir, dit-il en se croisant les bras.

VI

Votre vie ou la mienne!

L'entrée du commandant avait foudroyé les deux amants. Incapables d'un mouvement, ils restaient enlacés, quand Raymond s'approchant, les sépara doucement et continua ainsi :

— Et ma fille n'est pas à moi ! C'est à dire que, là-dessus, Dieu seul sait la vérité ! Ah ! vous avez fait de belles affaires... Mon amour et mon amitié se sont tournés à la fois contre moi, et, comme une fichue bête... je n'ai rien vu ! Eh bien, comment ça va-t-il s'arranger? Ça n'est pas réparable, et, entre deux officiers, un duel est inévitable... C'est là-dessus que vous comptiez, peut-être... Je ne parle pas de toi, Édouard... je parle d'elle ! Elle se dit : « Si Édouard tue Raymond, si Raymond tue Édouard, il en restera toujours un, et celui-là j'en fais mon affaire... Si le survivant est Édouard, la tâche est facile... Si c'est Raymond, il y aura un cheveu... Mais il a vingt-deux ans de plus que moi, et je ne suis pas bête ! » Voilà ce qu'elle pense !— Toi, qui vaux mieux qu'elle, tu ne saurais, malgré ce que tu as fait, aimer la femme qui t'aurait poussé à tuer ton meilleur ami... Moi, je ne l'aime plus parce qu'elle est cause que deux frères vont s'égorger pour une... Vrai, ça me contrarie... J'étais plus à mon aise le jour où j'ai reçu mon premier coup de sabre, en te préservant avec mon corps! Tu vois... je n'ai pas de colère... Je souffre pour toi et pour moi...Quant à elle, elle ne compte plus! Mais comment arranger ça!... Parle Edouard, l'aimes-tu assez pour te battre avec ton frère... l'aimes-tu assez pour ne pas comprendre aujourd'hui dans quelle impasse elle nous a fourrés tous les deux?... Voyons, parle! nous n'avons pas peur l'un de l'autre... Causons, mon ami... assieds-toi, Virginie... n'aie aucune crainte... Je jurais quelquefois, c'est vrai; mais je ne t'ai jamais ni frappée ni insultée... Assieds-toi, entre ton mari et ton amant... c'est ta place... Parle, Édouard, aide-moi à sortir de là, mon vieux.

Et le commandant, après avoir installé Virginie, à moitié morte de peur, sur l'ottomane, montra un siége à Édouard et s'assit lui-même sur un fauteuil. Pendant quelques secondes, tous trois gardèrent le silence; Virginie avait laissé tomber sa tête dans ses mains.

— Commandant, dit le capitaine Édouard, prenez ma vie.

— Non, je ne tuerai pas le fils de celui... Ah!

cristi ! il a eu de la chance de mourir en pleine bataille. Nous ne mourrons peut-être pas ainsi... Il n'aurait pas fait ça, ton père !...

— Commandant, je suis à vos ordres...

— C'est tout ce que tu trouves... Ça n'est pas riche d'invention... mais je t'aimais comme mon frère, comme mon enfant, malheureux ! Et tu as déshonoré ton nom... pas le mien ! Comprends donc que, si on savait ça... les vieux, les vrais... ils ne te toucheraient plus la main. Mais, moi ! Ils me tendraient les bras... ils me diraient : « Tu as eu affaire à un faux, à un misérable... Nous te plaignons ! Prends tes invalides, mon commandant, et viens dîner à la messe commune... Tu as voulu tâter du mariage... Tu en avais le droit... Un serpent s'est glissé sous ton toit... Reviens aux vieilles culottes de peau et buvons à la santé des honnêtes gens ! » — Voilà ce qui me désole : j'ai le beau rôle, moi... et ta mauvaise mine me le dit bien... Tiens, Virginie va se trouver mal... mène-la à la maison... Moi, je vais faire un tour... Je trouverai quelque chose... Il faut que nous sortions convenablement de cette position ! C'est curieux, mon ami... j'ai adoré cette femme-là... Eh bien, elle me répugne tant aujourd'hui, que je ne sens plus rien pour elle ! — Je ne blague pas... rien ! — Toi, c'est autre chose... mais nous sommes des hommes!.. Emmène-la, et jusqu'à demain ou jusqu'à cette nuit, n'en parlons plus... Je vais ré fléchir... C'est embêtant, tout ça !

Ce pauvre commandant, ce commandant-Tempête, ce jureur émérite, avait parlé tranquillement, ne lâchant un mot qu'après l'avoir trituré à sa guise... Il semblait plus étonné que furieux ! — La lividité de sa face prouvait bien que son cœur était inondé du sang de la jalousie; mais il devait y avoir en lui un autre sentiment encore qui combattait celui-là et lui permettait de conserver son sang-froid!..

La seule chose qui effrayât le plus Virginie et Édouard, c'est qu'il ne proféra pas un seul de ses jurons ordinaires, dans cette espèce de réquisitoire improvisé. Cependant, une fois qu'il eut quitté le kiosque, Virginie, s'élançant vers Édouard, lui prit les deux mains avec passion, en s'écriant :

— Partons tout de suite... il va sortir... il l'a dit... Partons, sans l'enfant.

SANS L'ENFANT !

Ce dernier mot fit tressaillir Édouard : cette femme n'avait que de la passion... elle n'avait pas de cœur.

— Jamais! dit-il. Nous appartenons à Raymond... Nous ne sommes plus maîtres de nous-mêmes!

Et pour éviter une scène pénible, il sortit à son tour, gagna sa chambre et, barricadant sa porte, il se jeta sur son lit, résolu à n'ouvrir qu'à son ancien ami.

Virginie était morte pour ces deux hommes!

Elle resta longtemps encore dans le kiosque, espérant toujours qu'Édouard reviendrait! — Espérance vaine, car minuit sonna, sans que personne la relevât de sa faction pleine d'angoisse! — Vaincue par la fatigue, elle se couvrit de son châle et s'endormit sur l'ottomane, en murmurant le nom d'Édouard.

A la même heure, le commandant frappait à la porte de celui-ci, et lui criait :

— C'est moi! ouvre, j'ai une idée.

Voici comment le commandant avait passé sa soirée.

VII

Ils sont là-bas qui dorment sous la neige...

Raymond, en quittant le kiosque, avait été revêtir son uniforme et était sorti pour prendre l'air et ruminer un plan de conduite. Le cigare aux lèvres; il se promenait depuis une bonne heure dans les rues de Besançon, rendant les saluts réglementaires et poursuivant le cours de ses réflexions. Il se trouva, tout à coup, sur la place, vis-à-vis un musée de figures de cire. — La musique infernale qui se faisait à l'extérieur l'arrêta court et il leva machinalement les yeux sur la baraque peinte en blanc et dont le vestibule, ouvert à tous les vents, était le théâtre d'une comédie fantastique.

Un pierrot, au masque blafard, tournait avec furie la manivelle d'un orgue; — à ses côtés, un paillasse faisait brimbaler une cloche fêlée pendue au plafond et donc la corde était fixée à un de ses poignets, tandis que l'autre main frappait à coups redoublés sur une grosse caisse mal bouclée; — un Tyrolien, en costume irréprochable et son mousquet sur l'épaule, tournait en mesure sa tête expressive, tandis que ses yeux s'agitant en sens contraire du mouvement donné, prêtait à sa physionomie un cachet diabolique; — un homme et une femme, habillés à la vieille mode Louis XV, (M. et madame Denis, sans doute!) tournaient en cadence l'un devant l'autre, avec des contorsions bizarres dans les bras et dans les jambes; — au dessus, dans une niche, un magnifique lion tenait un enfant dans sa gueule et regardait une femme, à genoux, qui, les deux bras en l'air, semblait le supplier d'abandonner sa proie ; — un *homme* en habit noir, gilet blanc, cravate blanche, levait alternativement les deux bras et présentait au public des cartes sur lesquelles était écrit : « 1res, 1 franc. — 2mes, 50 cent^{es} ; » — au fond, à la porte de l'entrée du musée intérieur, un superbe grenadier de la vieille garde croisait la baïonnette, tandis qu'un zouave, dans l'équipement le plus correct, — sac au dos surmonté d'un angora de toute beauté, — présentait les armes aux *personnes qui honoraient ce musée de leur faveur!* Ce spectacle avait quelque chose de profondément triste ! Tous ces automates, qui n'ont que l'apparence de la vie, nous ont toujours causé un serrement de cœur inexprimable.

Ces mannequins qui sautent, ces têtes qui remuent, ces bras qui battent l'air, ces soldats immobiles, ces yeux à mouvement de pendule... semblent une raillerie de la mort... On dirait des cadavres galvanisés : une orgie à la morgue !—C'est à donner le frisson aux plus sceptiques.

Le commandant prit, dans la main du *personnage* en habit noir, un billet de *Premières, 1 franc*, et celui-ci n'eut pas plutôt senti la carte s'échapper de ses doigts, qu'il s'inclina, avec un bruit semblable à celui d'un pistolet qu'on arme, et se releva de la même manière. Ce *cric-crac*, cette musique infernale de l'orgue, de la cloche et de la grosse caisse,—les soubresauts de monsieur et de madame Denis,—le regard vacillant du Tyrolien, — l'immobilité complète du zouave, du chat, du grenadier, du lion de Florence et de la femme aux bras étendus... tout cela bouleversa presque le cerveau du brave commandant.

Il franchit le seuil du sanctuaire, et, après avoir donné *le franc* porté sur son billet, il sentit comme un froid glacial envahir tout son être. — Là, en effet, plus de musique, plus de cloche, plus de mouvement! Toutes les figures de cire étaient admirablement modelées et peintes; mais on sentait le néant sous le velours et sous la soie qui couvraient ces corps de carton. — Tout se trouvait, dans ce bazar, immobile, depuis la sirène des îles Fidji, inventée par Barnum,— *Tom Thumb*, le fameux général *Tom Pouce*, — la chaste Suzanne, — Papavoine, —les trois empereurs, François, Alexandre et Napoléon, — Wellington, sur son lit de parade, — Henri VIII et ses six femmes,—Louis XVI, Marie-Antoinette, madame Élisabeth, la princesse de Lamballe,—Fieschi, Pépin et Moret,—Lally Tollendal, —jusqu'à *monsieur de Paris*, autrement dit le bourreau Sanson! — Molière, Iffland, Goldoni, Schiller, Gœthe, Shakespeare, Calderon, Alfiéri,

Cervantes, Lesage, Beaumarchais, Regnard, etc. : — Empereurs, bouffons, rois, assassins, auteurs, voleurs, acteurs, singes, peintres, bourgeois, philanthropes, idiots, reines, courtisanes, saintes et empoisonneuses, tout s'y croisait, sans ordre préétabli. Et la voix monotone du *bonnisseur*, c'est le terme technique, employé pour désigner le cicerone des musées de ce genre, ajoutait encore à la lugubre impression que produisait ce lieu sinistre.

Le commandant Raymond en sortit dans un singulier état de prostration.

Il lui était venu une idée!

Il acheva sa soirée au café, et, au retour, il monta directement à la chambre de Launoy. Celui-ci, qui ne dormait pas, lui ouvrit aussitôt, et le commandant commença en ces termes :

— J'ai réfléchi à l'affaire... Il faut que l'un de nous quitte ce monde, mon vieux!

— Ce sera moi, s'écria Édouard, et tout de suite encore, si tu veux! Je suis un misérable!

— Pas de ça, Lisette! Point de scandale... Voici ce que nous allons faire... Je ne peux pas te tuer, c'est plus fort que moi, et tu ne peux pas me tuer non plus, c'est clair! Mais voici mon plan... Donne-moi ta parole d'honneur de faire ce que je voudrai.

— Je te la donne... je t'appartiens.

— C'est bon!—J'ai été un vieux fou! J'ai mis le loup dans la bergerie... Ça devait arriver... N'en parlons plus. Donc, nous allons écrire notre nom chacun sur une carte de visite... Nous les brouillerons dans un chapeau, et nous jouerons, à pile ou face, celui qui y fouillera le premier.

— Et après?

— Après? Voilà! Celui dont le nom sortira du chapeau se brûlera la cervelle, *dans six mois*, jour pour jour. Voilà mon duel...

— Mais!...

— J'ai ta parole... Je te donne, à mon tour, la mienne d'accomplir mon devoir.

— Et pourquoi ces six mois?

— J'ai mon idée... j'ai mon idée! Allons, mon ami! L'un de nous deux a fait une grande faute... Mais la mort lave tout... Il vaut mieux charger le hasard d'en finir... Nous aurons encore six mois pour oublier le passé... Nous nous verrons toujours, et nous ne nous occuperons pas plus de Virginie que de la cinquième roue d'un carrosse. Dans six mois, l'un de nous deux restera pour décider du sort de l'enfant... et celui-là sera son père pour toute la vie... J'ai ta parole?... Oui... Voici des cartes blanches... Écris ton nom sur celle-ci, — moi, sur celle-là... Bon! Maintenant, ton shako... Là! c'est remué!... Pile ou face?

— Pile!

— C'est pile! Tire, mon ami, tire!

Il y eut un grand silence... Les deux amis se regardèrent. Toute leur jeunesse passée ensemble leur monta au cœur; ils eurent chacun une larme dans les yeux: l'un des deux allait gagner la mort dans cette suprême loterie! — Ils se serrèrent la main, et Launoy prit une carte dans le chapeau :

— Dieu est juste, s'écria-t-il!

La carte portait ce nom : ÉDOUARD LAUNOY!

Le commandant saisit le shako; l'autre carte portant son nom y était encore! — Il avait craint que, dans un accès de folle générosité, Édouard n'eût pris les deux billets et n'eût dissimulé le sien.

— Nous partirons, dans trois jours, pour Paris, dit le commandant. Je demanderai un congé pour nous deux.

— Et qu'irons-nous faire, à Paris?

— Tu le sauras... Allons! à demain!... Tu me jures de ne rien dire à Virginie?

— Je te le jure!

— A demain, donc! Que rien ne soit changé, ici! Pas de scandale... Il ne faut pas compromettre nos noms!... Nous sommes des soldats; conduisons-nous en soldats.

Et le commandant alla se coucher.

— Ah ! que ces six mois vont me sembler longs ! dit Launoy. — Pauvre ami, il ne s'est pas aperçu que j'avais *corné* ma carte ! Je lui devais bien cela ! Bah ! Encore six mois, et tout sera dit ! La petite fille est-elle à lui ou à moi ? C'est tout ce qui me préoccupe, maintenant !

Il s'endormit assez calme. — Pour ces deux hommes, Virginie n'était définitivement plus rien : Elle avait déshonoré l'un, et elle venait de tuer l'autre.

Ils partirent pour Paris, trois jours après, sans avoir dit un mot à Virginie, qui prenait son repas dans sa chambre et qui ne comprenait rien à la double conduite de son mari et de son amant :

— S'ils s'étaient battus, au moins, disait-elle en mordant ses draps, *il* l'aurait peut-être tué !

Quand elle les vit prêts tous les deux, quand elle entendit son mari lui dire, un matin, sans colère :

— Nous nous absentons pour un mois... Tiens la maison en ordre... Nous avons une mission à remplir à Paris !

Elle se dit à elle-même :

— C'est cela ! Ils ne peuvent pas se battre à Besançon... Ils vont organiser leur duel à Paris...

— Vous n'irez pas ! ajouta-t-elle tout haut.

— Pas un mot de plus, Virginie, lui dit alors Raymond, en la regardant froidement en face et en lui pressant le poignet... Je ne vous ai pas encore permis de parler devant nous!

Son œil, en ce moment, darda sur la fille de M. Poulet un éclair si fauve, que cette créature, sans véritable personnalité, baissa la tête et se tut; mais elle glissa une lettre dans la main d'Édouard, comme son mari avait le dos tourné :

— Raymond, dit Launoy, ta femme m'a donné cette lettre!

— Ah! dit le commandant!

Et, approchant le papier du feu, il alluma lentement son cigare avec la lettre.

Tous deux partirent sans lui dire « au revoir! » Elle passa tout ce mois dans une anxiété profonde. Elle aimait toujours Édouard, et elle haïssait Raymond; mais ils revinrent au bout du terme fixé, sans que rien parût changé dans leurs relations.

Ils amenaient, avec eux, une énorme caisse qui ne put entrer dans la maison que par la fenêtre, et qu'on déposa dans un petit salon du premier étage. Deux serrures de sûreté furent ajoutées à la serrure primitive, et Raymond seul se réserva le droit de pénétrer dans cette pièce, où il restait souvent des heures entières.

Vainement Virginie et sa femme de chambre essayèrent-elles de savoir ce que contenait la caisse mystérieuse... Vainement regardèrent-elles par le trou des serrures et cherchèrent-elles à s'emparer des clefs que Raymond portait sur lui : tout fut inutile!

Cinq mois se passèrent de la sorte. Virginie, sur les ordres de son mari, avait repris sa place à la table commune, et, comme autrefois, elle passait la soirée à lire, pendant qu'ils faisaient leur partie. Tout semblait complétement oublié entre les deux officiers. Ils riaient, buvaient, fumaient et se disputaient pour un coup douteux, comme au beau temps des amours de Virginie. Mais ni l'un, ni l'autre, ne lui adressait plus la parole que pour lui dire :

— Un peu de feu... un peu de citron... du sucre ou du tabac!... Quelle heure est-il?

Et autres paroles d'une insignifiance recherchée.

Elle était toute dépaysée entre ces deux individus dont elle avait été l'idole? et qui ne semblaient plus se souvenir qu'elle existât!

— Quelles âmes ont donc ces deux êtres? se demandait-elle souvent.

Elle avait, quelquefois, essayé de prendre la main de Launoy, en cachette; mais celui-ci l'avait alors regardé si singulièrement, en lui demandant : « Est-ce que vous êtes folle? » qu'elle n'osait plus renouveler ses tentatives. La pauvre créature attendait tout du temps, et murmurait, en se couchant :

« Il dissimule pour endormir Raymond... mais il me reviendra. »

Non ! il ne devait jamais lui revenir !

VIII

Ceci vous représente, etc.
(CURTIUS).

Le jour fatal allait sonner. Le commandant était été s'asseoir à côté du lit de la petite fille, et il la contemplait avec une attention soutenue :

— Je n'en puis plus douter... c'est ma fille... Oui, ce sont là mes yeux bruns, — or, ma femme et lui ont des yeux bleus ! — Cheveux châtains, comme moi ! Et *ils* sont blonds tous les deux ! — C'est mon sang, c'est ma fille !—Dieu m'est témoin que si j'avais douté, je me serais fait sauter la cartouche aujourd'hui, en défendant à Édouard de tenir sa promesse demain : sa fille l'aurait sauvé ! Mais, C'EST MA FILLE ! Que la destinée s'accomplisse !

Le lendemain, Raymond et Édouard dînèrent, comme d'habitude, avec Virginie... Après le dîner, et, comme elle préparait les cartes :

— C'est inutile, dit Édouard... Je vais au café ! Attends-moi, un peu tard, mon vieux !

— A quelle heure ?

— A minuit et demi.

— Ah ! c'est à minuit...

— Assez ! Embrasse-moi... Mort ou vivant, je t'aimerai toujours... Adieu !

Ils se jetèrent dans les bras l'un de l'autre... Virginie les regardait avec stupéfaction... Édouard sortit, sans lui faire même l'aumône d'un regard. Elle pressentait un événement grave, et ce ne fut pas sans un grand serrement de cœur qu'elle obéit au commandant, qui lui dit :

— Mets-toi au coin du feu, nous allons causer !

En effet, le commandant lui parla de la famille Poulet, de son canon, de sa fille et de mille choses insignifiantes. Puis, quand il vit la pendule approcher de minuit, il prit la main de sa femme dans les siennes, et lui dit tristement :

— Que t'avais-je fait pour me trahir, pour me déshonorer ?

Virginie baissa les yeux sans répondre.

— Sais-tu où mènent l'inconduite et la déloyauté ? A ceci, Virginie : c'est que tu as fait notre malheur à nous deux, et que tu as tué Édouard.

— Édouard, tué... Qu'est-ce que cela signifie ?

— Écoute ces bruits confus qui se rapprochent,

dit-il, en ouvrant la fenêtre... Vois ce corps enveloppé d'un manteau, sur cette civière...

— Eh bien! quelque accident, sans doute...

— Non, c'est Édouard qu'on rapporte ici et que tu as assassiné.

En ce moment on frappait en bas. Raymond descendit, après avoir fermé la porte à double tour; précaution inutile! Virginie venait de tomber sans connaissance.

Le corps fut déposé sur un lit de camp, dans l'antichambre. Édouard était bien mort... La balle lui avait fracassé la cervelle!

Quand tout le monde se fut retiré, Raymond vint prendre sa femme par la main, et la traîna auprès du cadavre :

— Regarde... il est mort!

Et il lui raconta l'histoire de leur duel à terme. Elle n'écoutait pas : elle était plongée dans un bébêtement voisin de l'idiotisme. Quand son mari cessa de parler, une réaction s'opéra en elle; elle se dressa toute droite, l'œil ouvert, la narine palpitante, et, se jetant sur le cadavre, elle le pressa sur son sein :

— Mon Édouard! Reviens à la vie! Je t'aimais, voilà mon crime... Oui, je t'aimais... autant que je vous hais, dit-elle, en regardant fixement son mari! Tuez-moi donc, lâche! Tuez-moi donc, misérable!...

Je l'aimais! Je l'aimerai toujours... Mais, ajouta-t-elle en sanglotant, je ne le verrai plus!

— Si, VOUS LE REVERREZ! lui dit gravement son mari!

Virginie le regarda avec stupeur; mais ses forces étaient à bout... Une seconde crise la terrassa, et Raymond la transporta sur son lit. Le médecin appelé à la hâte constata une fièvre cérébrale.

Le suicide d'Édouard resta un mystère pour tout le monde : nul ne soupçonna la vérité, et tous les officiers accompagnèrent le cercueil... Raymond conduisait le deuil et pleurait en silence.

Au bout de quelques mois, Virginie était rétablie, et il ne lui restait plus qu'une profonde mélancolie. Le commandant avait attendu sa parfaite guérison pour commencer l'œuvre de sa vengeance.

Un dimanche, il la prit par la main, après dîner, et lui dit :

— Nous prendrons le café dans le petit salon du premier.

Elle suivit machinalement; mais, à peine le commandant eut-il ouvert et refermé la porte, qu'elle poussa un grand cri et tomba à genoux, en s'écriant :

— ÉDOUARD!

En effet, c'était bien Édouard Launoy, avec ses

cheveux blonds, ses yeux bleus, sa petite barbiche et sa main blanche... et, à côté de lui, le commandant Raymond. Tous les deux debout, en grand uniforme, la main appuyée sur l'épaule l'un de l'autre : ils la regardaient en souriant!

— Voilà comme nous étions! Voyez ce que vous avez fait de nous, s'écria le commandant!

. . . .

Si nous avons mis cette ligne de points, c'est pour nous dispenser de raconter, trois ou quatre cents fois peut-être, la même chose. Car, à partir de ce jour, Raymond traîna, tous les dimanches, sa femme dans le salon des deux figures de cire et la fit s'agenouiller devant ces physionomies immobiles, toujours souriantes; mais de ce sourire de la statue inanimée... Sourire plus triste que la mort, sourire que la contemplation finit par rendre douloureux, insupportable!

La pauvre Virginie subit cette torture pendant quelques semaines, sans opposer de résistance... Mais, un dimanche, elle osa dire hardiment :

— Je n'irai pas!

— Le cas était prévu, dit le commandant!

Et, saisissant sa femme à bras le corps, il l'emporta dans la salle funèbre et la déposa dans un fauteuil, où elle se trouva, tout à coup, prisonnière. Une ceinture de cuir la maintenait assise, et un collier de fer, — oui, un collier! — délicatement bourrelé de velours, la forçait à se tenir, la tête droite, devant les deux officiers de cire... et, comme d'habitude, le commandant lui répéta :

— Voilà comme nous étions! Voyez ce que vous avez fait de nous!

. . . .

Du reste Raymond était aux petits soins avec Virginie, toute la semaine. — Il ne la tutoyait plus, il ne jurait plus! mais il ne lui parlait jamais du passé.

Virginie espéra quelque temps que cette vengeance aurait un terme... Un jour même, elle se risqua à dire au commandant :

— Raymond, quand finira cette atroce comédie? Quand obtiendrai-je mon pardon?

Et elle lança à son mari un de ces regards, qui l'aurait enivré autrefois. La pauvre Virginie était bien femme en tout et pour tout! Elle croyait qu'elle pourrait retrouver un jour son influence perdue, et qu'à défaut d'amour, Raymond pourrait encore éprouver pour elle un entraînement passager; et, comme elle comptait mettre à profit la moindre défaillance de sa part! — Mais Raymond avait un cœur d'airain : il se serait cru déshonoré s'il avait cédé à la voix impure qui lui parlait quelquefois à l'oreille! — Aussi lui répondit-il froidement :

— *Cette comédie* finira le jour où, devant moi, Édouard vous aura dit à qui de lui ou de moi appartient votre fille.

Virginie comprit que tout était bien fini pour elle et que ce jugement était sans appel.

Son châtiment dura longtemps! Immobile sur son fauteuil, chaque dimanche, elle n'avait pour toute distraction que la vue de ces deux automates terribles. Quant au capitaine, il fumait, il lisait le journal, et finissait par lui dire, avant de la délier :

— Aujourd'hui, les honnêtes femmes se promènent, sur le cours, aux bras de leurs maris; — les honnêtes femmes embrassent leurs enfants; — elles reçoivent leur famille, et, le soir, elles dansent ou jouent aux petits jeux avec leurs amis... Nous faisions ainsi jadis! Mais vous n'aurez plus jamais aucune de ces joies : l'enfant est en pension, vous ne la reverrez plus! — Je ne vous donnerai jamais le bras et vous ne quitterez plus la maison! — Si votre père vous demande la raison de cette réclusion, c'est moi qui lui répondrai!... Allons, à genoux, maintenant, dites adieu à Launoy jusqu'à dimanche, et allons dîner! Pauvre ami! Voilà comme nous étions, voyez ce que vous avez fait de nous!

. . . .

Telle fut la vengeance du commandant Raymond. Virginie était lâche : elle n'eut ni le courage de se tuer, ni la force de s'enfuir... Elle succomba à la peine.

Aujourd'hui Raymond est colonel ! Il a cherché à s'étourdir... Il a repris ses jurons favoris, considérablement revus et augmentés. Il ne voit sa fille qu'une fois l'an, et la mariera le plus tôt qu'il pourra, pour se débarrasser de ce témoignage de sa malheureuse excursion au pays du mariage. Il va au café, fume, fait des armes, casse des poupées de plâtre, et espère oublier ! Mais de temps à autre, il baisse la tête... Il revoit son ami, sa femme, « et il se reproche d'avoir laissé s'accomplir le suicide d'Édouard, et d'avoir abrégé l'existence de Virginie. Mais cela dure peu... Il relève le front, et, chassant les images au loin, il s'écrie : *C'est fait!* après tout, *c'est fait!*

Mot des sceptiques, consolation des esprits forts... qui ne prouve rien... si ce n'est que le lecteur sait maintenant pourquoi le colonel Raymond a été surnommé par ses amis *le colonel c'est fait! c'est fait!*

Maintenant si l'on nous demandait quel a été notre but en publiant cette nouvelle, nous serions fort embarrassé de le dire. Nous laissons à chacun le droit d'en tirer la conclusion qu'il lui plaira.

Notre petite étude est lancée sur le turf de la publicité... Advienne que pourra :

« *C'est fait! c'est fait!* »

L'AMOUR PERDU

LÉGENDE

L'AMOUR PERDU

—

LÉGENDE

... La neige tombe à gros flocons; elle couvre les toits, blanchit les arbres. L'air est obscurci et l'on n'entend que les bruits lugubres du vent dans la forêt.

Qu'ils sont à plaindre les pauvres gens obligés de voyager par ce temps affreux! Mais aussi, quelle singulière jouissance on éprouve à entendre la tempête mugir, la nature entière se déchaîner, assis au coin d'un bon feu, les pieds sur les chenets!...

Et le mouvement cadencé de la pendule qui vous chante tous vos airs favoris et se prête complaisamment à toutes vos improvisations fantastiques!

Et votre pipe, dont l'odorante fumée s'amuse à

parcourir, comme une curieuse, votre chambre entière, glisse sur tous les meubles, taquine le chat qui éternue, caresse les touches du piano, et s'envole enfin par la cheminée pour rejoindre ses frères les nuages, auxquels elle raconte ses pérégrinations!...

Telles étaient les impressions auxquelles s'abandonnait mollement Hermann le peintre, qui, depuis deux mois, avait recueilli l'*Amour* sous son toit.

Tout entier au travail, l'artiste ne sortait plus de sa chambre ou de son atelier. Son chevalet avait servi de berceau à plusieurs chefs-d'œuvre. L'inspiration était en lui et il pouvait dire à bon droit : — Et moi aussi, je suis peintre!

Il était heureux, bien heureux; l'*Amour* qu'il abritait sous son toit, c'était l'amour pur et sincère, qu'on ne rencontre guère qu'une fois dans sa vie, qu'on laisse trop souvent s'envoler et que toujours on pleure après l'avoir perdu!

Mais quel est donc ce bruit dans l'escalier?... On monte... C'est une femme jeune, aux manières distinguées, et richement vêtue!

La sonnette retentit... Hermann se lève, il ouvre...

Hermann a repris son œuvre d'art; puis, fatigué, il s'est placé dans un coin du foyer. Là, il rêve à l'avenir, heureux de croire que le lendemain sera toujours aussi doux que la veille! il ne désire aucun changement; il ne se lasse pas de la monotonie du bonheur... Pauvre Hermann!

Les heures ont marché. Tout est silencieux. Seul, le balancier trouble le silence de l'appartement. Le feu est près de mourir, la lampe ne jette plus qu'une clarté douteuse, la pipe d'Hermann gît, refroidie, sur le marbre de la cheminée. Hermann, étendu dans son grand fauteuil, s'est endormi, et le petit chat s'est pelotonné sur ses genoux...

Et l'Amour, où est-il donc? Hélas! cette femme si séduisante l'a emporté. Il est parti pour ne plus revenir, enfant ingrat qui abandonne l'âtre paternel dont il faisait la joie, pour suivre la route aventureuse, aride, décevante de l'*inconnu!*

Lorsqu'il se rendit compte de la perte qu'il avait faite, Hermann devint presque fou. — « J'ai perdu l'Amour, s'écriait-il, j'ai perdu l'Amour! On me l'a volé! Pauvre enfant, où trouveras-tu un cœur comme le mien? Je t'avais reçu comme un autre moi-même, je t'avais consacré ma vie, et tu me fuis!... Qu'es-tu devenu, et que vas-tu chercher loin d'ici que je ne t'eusse donné si tu me l'avais demandé? Ce monde où tu entres ne saurait te comprendre. Il souillera ta robe blanche; il te tuera peut-être sans pitié!... Ah! reviens à moi, si tu ne veux pas mourir! Reviens à moi, si tu ne veux pas que je meure! »

Hermann souffrait comme un damné; il prit son chapeau et courut à la poursuite de l'Amour, résolu de demander à tous ceux qu'il rencontrerait s'ils ne l'avaient point vu, dût-il payer ces renseignements au poids de l'or!

— Adieu, petite chambre qui nous réunissait tous deux, dit-il, adieu! je ne reviendrai qu'avec lui.

Hermann marchait fort vite, l'œil hagard, la toilette en désordre. On le regarda avec curiosité d'abord, avec intérêt ensuite. Il avait l'air si malheureux! Qui ne l'eût plaint?...

Un soir, en suivant la grande route, il entendit un chœur de jeunes garçons qui chantaient des vers du grand poète Frédéric Rückert... Il leur demanda de les écrire sur son album.

Amour! soleil tombé du paradis céleste,
Ah! dis-moi s'il existe une plage funeste
Où nos regards, ouverts à la clarté du jour,
Puissent se dérober à tes rayons de flamme;
Apprends-moi s'il existe un monde, un peuple, une âme,
Qui n'ait de foi dans Dieu... ni d'hymne pour l'amour?

Amour! dis-moi s'il est seulement sur la terre
Un désert, un abîme, un rocher solitaire,
Où tu n'élèves point ton autel ou ton nid!...
Puis-je, sous quelques cieux, porter ma rêverie
Sans respirer ta fleur, et vivre de ta vie,
Sans te trouver partout où le Seigneur bénit?...

Où pleure la rosée, où le vent tourbillonne,
Où s'écoule le flot, où le soleil rayonne,
Oui! l'Amour est partout répandu sous le ciel!
Et là même où les flots et les vents s'affaiblissent,
Où se fanent les fleurs, où les astres pâlissent,
L'Amour est encor là, comme un Ange immortel.

J'ai passé dans les bois où le feuillage tremble,
Et les grands arbres verts faisaient monter ensemble
Leurs baisers frissonnants vers le ciel radieux.
Sous les chênes géants ou sous les grands érables,
J'écoutai des oiseaux les concerts innombrables;
C'est l'Amour qui dictait leurs chants mélodieux!

Je parcourus la plage, où l'écume blanchie
Du sein de l'océan se déroule affranchie,
Je retrouvai l'Amour dans le baiser des flots;
Et les fleurs s'inclinaient sur l'océan immense,
Et l'algue se tordait sous la houle en démence,
En chuchotant d'amour aux pieds des matelots!

Je levai mon regard vers cette immense plaine,
Où l'infini commence où l'homme perd haleine
En s'élevant vers Dieu; d'une poussière d'or
Les cieux étaient semés; les mondes en silence,
L'un par l'autre attirés, se mouvaient en cadence,
C'était la loi d'amour qui réglait leur essor!

Alors je contemplai la terre vaporeuse.
Une femme était là souriante et rêveuse ;
Elle avait dans ses yeux tous les bleus firmaments.
D'amoureuses senteurs semblaient émaner d'elle ;
Des soleils inconnus éclairaient sa prunelle,
Ils brûlèrent mes yeux de leurs rayons aimants.

Radieuse et pourtant éblouie, aveuglée,
Je penchai doucement ma poitrine gonflée,
Et sentis qu'elle était débordante d'amour.
Et ces mille rayons que j'avais vus naguère.
L'un l'autre dispersés, au ciel et sur la terre,
Mon cœur, miroir ardent, les dardait à son tour.

C'est pourquoi je voudrais bien savoir où mon âme
Pourrait tourner les yeux, Amour ! sans voir ta flamme,
Et s'abreuver encor sans goûter à ton miel,
Car je te porte en moi comme un trésor suprême !
Le chant suit le poète et tu me suis de même
Dans la nuit de la tombe et dans l'azur du ciel !

Hermann passa la nuit tout entière avec ces jeunes panthéistes qui chantaient Rückert... Le lendemain soir, comme il entrait dans une capitale, il rencontra une quantité de femmes jeunes et charmantes, rieuses et folles, au langage hardi, à l'œil provocateur, qui éclatèrent de rire en voyant sa mine désespérée.

Mais Hermann était beau : aussi l'une des sirènes, se détachant du groupe, lui demanda :

— Que cherches-tu, beau ténébreux?

— L'Amour! répondit Hermann.

— En ce cas, viens par ici. Nous savons où il est, et nous te mènerons à lui.

— Soyez bénies, s'écria Hermann, ô vous qui me rendez l'Amour! Et il suivit les séduisantes bayadères. Elles lui firent prendre une route fleurie et embaumée. Tour à tour, il fut le cavalier de chacune de ces jeunes femmes. Le voyage, bien que long, était agréable, et elles semblaient prendre à tâche de le prolonger... Cependant, Hermann ne voyait point paraître l'Amour! Hermann se plaignit. Les nymphes le conduisirent alors sur le sommet d'une montagne aride, au milieu de rochers noirs et tristes comme les ténèbres. Arrivés-là, elles lui dirent :

— Que nous donneras-tu pour t'avoir guidé vers l'Amour?

— Il est donc près d'ici? demanda Hermann.

— Oui, répondirent-elles... Mais, nous te le répétons, que nous donneras-tu pour t'avoir guidé vers l'Amour?

— Demandez! dit Hermann, ravi de toucher au but de ses plus ardents désirs; demandez, et tout ce que vous exigerez de moi, vous l'obtiendrez!

— Donne-nous ta santé! dirent les femmes.

Hermann y consentit, et, au même instant, elles disparurent comme par enchantement.

Alors il se trouva seul dans cette sombre solitude, découragé, sans force contre la douleur qui l'accablait.

Cependant, après quelques instants passés dans cette triste situation, le galop d'un cheval le tira de l'anéantissement où il était plongé. Il secoua sa torpeur et écouta d'où partait ce bruit...

Bientôt, il vit s'avancer à sa rencontre un homme à la mine hypocrite, qui pressait les flancs d'un cheval étique et jetait autour de lui des regards tout à la fois avides et craintifs.

Hermann l'aborda.

— Vous venez de loin, seigneur? dit-il, le chapeau à la main.

Le voyageur s'arrêta court.

— Je viens en effet de très loin, répondit-il, en rendant le salut.

— Je désire quelque chose de vous.

— Et que désirez-vous donc?

Cet homme était un usurier qui prêtait aux jeunes gens, aux fils de famille, aux artistes d'avenir, l'argent que leurs parents refusaient à leurs folies ou à leur inspiration.

Hermann ignorait encore à qui il avait affaire. Il ne savait pas qu'il existe au monde de ces sortes d'êtres, véritables vampires, vivant de la mort des autres, qui se bâtissent des châteaux avec les pierres des maisons qu'ils ont démolies.

— Seigneur, dit Hermann, n'auriez-vous pas rencontré l'Amour?

— « L'amour! répondit le cavalier. De quel amour s'agit-il? j'en connais plusieurs :

« Est-ce l'amour de la gloire? Il est facile à trouver; vous le rencontrerez sur toutes les grandes routes, en épaulettes de laine ou de fils d'argent; dans toutes les mansardes, tenant une plume ou des pinceaux. »

— Ce ne n'est pas celui-là, dit Hermann.

— « Serait-ce l'amour de l'or? poursuivit l'usurier, dont les yeux s'illuminèrent soudain. Allez à la Bourse, jeune homme, c'est là son temple favori. Cependant, il a des chapelles particulières un peu partout.

« Vous trouverez peut-être encore l'amour dans les bras de la femme que vous adorez et qui vous adore; dans le cœur de celui qui vous nomme son frère et que vous appelez votre ami... Est-ce cet amour que vous cherchez? Frappez à la première porte venue : il vous ouvrira lui-même...

« Ne craignez pas! il est partout, vous dis-je. Entendez-vous ces cloches qui tintent dans la vallée, elles appellent les fidèles à la prière, à la prédication sur la vertu, à la quête pour les besoins de l'église? Vous entendez ces cloches? Eh bien, c'est l'amour qui les met en branle! Voyez-vous là-bas ce petit enclos semé de croix noires couvertes de larmes peintes en blanc? Un homme est à genoux sur la tombe de son épouse bien-aimée, morte hier dans ses bras. Il pleure, il pleure amèrement, il se frappe le front sur la pierre. »

— L'amour que j'ai perdu est pur et désintéressé!

L'usurier se mit à ricaner. Il reprit :

— Si c'est là l'amour que vous cherchez, vous marcherez encore longtemps, jeune homme, avant de le trouver.

— Que m'importe, j'ai fait vœu de ne pas rentrer chez moi, sans le ramener dans mes bras... et, s'il le faut, je parcourrai la terre entière, mais je le ramènerai.

— Vous êtes donc bien riche, demanda le perfide vieillard, les narines ouvertes et l'œil au guet.

— Non! dit Hermann; mais mon père est bon, et comme il a quelque fortune, il m'aidera...

— N'avez-vous donc pas d'amis qui puissent vous obliger? mon enfant. Pourquoi ne pas emprunter, par exemple sur la succession de votre père? Au lieu d'attendre qu'il veuille bien vous envoyer l'argent nécessaire, que ne réalisez-vous sur-le-champ vos espérances?

— Mais ce serait mal agir, ce me semble!

— Enfant! cette fortune n'est-elle pas la vôtre? Qu'importe à votre père que vous escomptiez l'avenir! Il peut l'ignorer, d'ailleurs, ajouta sournoisement le tentateur, et puis, vos démarches pourraient lui déplaire, le gêner, peut-être...

« C'est vrai, pensa Hermann. » Et il ajouta tout haut :

— Mais je ne connais personne qui puisse me rendre un tel service, à qui m'adresser?

— A moi, dit le vampire. Venez chez moi, nous en causerons pendant le dîner...

Quelques heures après, Hermann quittait l'usurier, la poche remplie d'écus, le cœur plein d'espoir, et il reprenait sa route.

— Adieu, lui dit-il, et merci!

— Adieu, répéta l'affreux vieillard, qui, d'une main frémissante et joyeuse, enferma dans une cassette les papiers marqués aux armes nationales, qu'Hermann avait signés presque sans les lire...

— Que cet homme est bon! pensait notre jeune homme.

— Pauvre dupe! murmurait de son côté l'usurier... Il est à moi.

Hermann, les poches garnies d'écus, continua plus gaîment ses recherches. Il fut bien reçu partout, et le nombre de ses amis augmenta sensiblement. Plusieurs jeunes écervelés, qu'il ne connaissait que depuis quelques jours, lui demandèrent bientôt le but du voyage qu'il avait entrepris, et le bon Hermann leur raconta naïvement son histoire.

— Pardieu! dirent-ils en chœur, nous t'accompagnerons et nous t'aiderons à trouver l'amour!

— Venez avec moi, dit Hermann : la route me semblera moins ennuyeuse à parcourir... venez!...

Notre artiste, entouré de ses gais et bruyants compagnons, ne réussit pas davantage dans ses recherches. En agissant ainsi, il avait pris le plus mauvais moyen, car le poëte n'a-t-il pas dit :

Le véritable amour c'est une fleur cachée
Que l'on doit découvrir sous le gazon discret.
Le bruit la fait trembler sur sa tige penchée...
Cherchez-la, seul. La foule, hélas! l'écraserait.

Vers cette époque, Hermann fit une nouvelle connaissance, qui se joignit à la petite caravane groupée autour de lui.

Était-ce un homme, était-ce une femme, que le nouveau personnage qui se mêlait à son existence?

Nul n'aurait pu répondre d'une façon positive. Son nom même continuait à rendre la solution du problème assez difficile.

Hyacinthe, en effet, participait étrangement des deux sexes. *Il* ou *Elle* avait la chevelure blonde et épaisse, la taille à demi svelte, le regard langoureux et indécis, la voix mignonne et traînante, le pied petit. C'était une créature mixte, chez laquelle, par moments, on croyait trouver la force d'un homme, et qui, dans d'autres instants, tombait dans une espèce de prostration physique et même morale. Incapable d'aucun effort violent, Hyacinte ne semblait vivre que pour le repos, mais dans une nonchalance qui aurait pu sembler être de la sournoiserie active.

Entraîné par une attraction secrète, Hermann préféra bientôt Hyacinthe à tous ses amis. Ils s'entretenaient tous deux pendant des journées entières, assis sur de riants tapis d'herbes épaisses et fumant des cigares à l'infini.

Puis le sommeil venait poser ses mains tièdes et légères sur leurs yeux, et le matin les retrouvait à la même place.

Au commencement de leur liaison, Hermann peignait en causant avec Hyacinthe, qui le regardait d'un air compatissant et lui disait même souvent :

— Mon Dieu ! Hermann, quel plaisir éprouves-tu donc à travailler lorsqu'il est si doux de ne rien faire?

— Si tu étais peintre, répondit Hermann, tu ne me ferais pas une telle question. Tu comprendrais tout le bonheur que j'éprouve à reproduire avec mes pinceaux cette nature si belle et si riche qui semble prendre plaisir à poser devant moi! Un peintre seul peut jouir du ciel et de la terre. Un rayon de soleil qui se joue sur une feuille de chêne me ravit! Je vois mille choses merveilleuses dans ces petits nuages brillants qui semblent une poussière d'or emportée par le vent; et, lorsqu'à force de patience, de soins et d'art, je puis fixer sur ma toile ces éblouissants phénomènes, mon cœur se gonfle d'orgueil et de joie, et je me crois un nouveau créateur!

— Fou! répondait Hyacinthe. Fou! qui néglige la proie pour l'ombre, la réalité pour le rêve! Toute cette nature qui te transporte, je l'aime aussi et je la comprends comme toi, mais j'en jouis sans travail! Je la contemple sans fatigue, je la perçois sans étude, et je me garde bien de chercher à rapetisser mon bonheur. Si tu étais pauvre, je souscrirais à ton ardeur pour la peinture; mais dans ta position, laisse donc cela aux rapins, Hermann, imite-moi! Ne vaut-il pas mieux mille fois admirer, dans une molle et délicieuse contemplation, ce beau ciel, ces arbres séculaires et pleins de séve que tu ne rendras jamais que d'une manière imparfaite?

Ne vaut-il pas mieux respirer sans mélange cet air embaumé, cette fleur pure, que tes pinceaux ne sauraient copier et que ton huile et tes essences nous gâtent à plaisir?

Hermann ne savait que répondre.

Le véritable artiste ne trouve aucun paradoxe à son service.

Toutefois Hermann peignit moins souvent; puis il finit par ne plus peindre du tout.

— Je suis content de toi, dit alors Hyacinthe. N'es-tu pas plus heureux maintenant?

— Oui, répondit faiblement Hermann.

Cependant l'ennui venait souvent s'asseoir à ses côtés, et, alors il voulait reprendre ses pinceaux,... mais le travail le fatiguait plus que l'oisiveté ne l'avait ennuyé.

Hyacinthe riait; il riait comme un petit démon.

— Tu n'as pas de volonté, n'essaie donc pas de peindre; causons et fumons, laissons-nous vivre.

Hermann jetait encore de temps en temps un regard furtif sur sa palette abandonnée.

Hyacinthe surprit un jour un de ces regards.

— Tu es donc incorrigible? Tiens, Hermann, prends une bonne résolution. Brûlons palettes et pinceaux! Tu hésites?... Mais, c'est leur vue qui cause ton ennui! Brûle! brûle! et l'ennui s'en ira avec la fumée!

Pinceaux et palettes, brosses et toiles, tout fut bientôt en cendres.

Hermann soupira bien un peu ; mais, deux jours après l'incendie, il n'y pensait plus.

Depuis longtemps déjà son voyage était suspendu. Hyacinthe avait ri de sa simplicité et lui avait lancé ces mots ironiques :

— Pourquoi courir après l'amour? Qui te dit qu'il ne viendra pas te trouver? Tu es jeune, tu es brave, tu es riche; il viendra lui-même à toi, sois-en persuadé.

Et Hermann avait attendu, aux grands applaudissements de ses nombreux amis, multitude de paresseux, de parasites et de débauchés.

Mais l'argent, pas plus que le plaisir, n'est éternel chez les Hermann.

Un soir, notre jeune artiste s'aperçut que sa bourse était vide.

— Qu'importe! se dit-il, j'ai des amis sur lesquels je puis compter.

Et le lendemain il expliqua sa position à ses amis pendant le déjeuner. Au dessert il était seul. Tous l'avaient abandonné : quelques-uns après deux ou trois mots de consolation hypocrite, la plupart avec l'ironie à la bouche.

Hermann se mit alors à pleurer comme un enfant. Que devenir? Il essaya de peindre.

Hyacinthe, en brûlant ses pinceaux, avait brûlé le talent de Hermann.

Peintre la veille, Hermann s'éveilla barbouilleur...

— Oh ! dit-il, je retrouverai l'Amour ; il me consolera !

Il reprit ses voyages, mendiant presque son pain, couchant souvent à la belle étoile. Bientôt ses forces le trahirent.

N'ayant plus de santé, plus de talent, le désespoir s'empara de lui. Dans cette déplorable situation, il résolut de mourir. En conséquence, il se dirigea vers une rivière pour noyer d'un seul coup tous ses chagrins.

Quelqu'un l'arrêta par le bras au moment où il allait se précipiter dans l'eau.

Hermann se retourna et vit un vieux mendiant en cheveux blancs et en haillons. Son air était bizarre et tenait à la fois du pèlerin et du baladin.

— Pourquoi m'arrêter ? dit Hermann.

— Parce que la vie est encore belle à votre âge, répondit l'inconnu.

— J'ai perdu l'Amour, dit Hermann, et tout espoir de le retrouver s'est évanoui pour moi. Laissez-moi mourir.

— L'Amour ! dit le mendiant, mais je l'ai rencontré tout à l'heure. Il vous cherche sans doute.

A peine le vieillard avait-il prononcé ces paroles, qu'Hermann était à ses genoux.

— Vieillard, lui dit-il les mains jointes, vous avez rencontré l'Amour! Où est-il?

— Que me donnerez-vous pour vous le dire? demanda ardemment le mendiant.

— Hélas! je n'ai plus rien, dit Hermann, et pourtant je donnerais le peu d'instants qui me restent à vivre pour le voir, ne fût-ce qu'une seule minute!

— Je n'en demande pas tant, répliqua le vieillard; donnez-moi vos cheveux noirs et votre jeunesse en échange de mes cheveux blancs et de mes soixante ans, et je vous dirai où est l'Amour!

— Prenez! dit Hermann haletant.

L'échange proposé ayant été en un instant accompli, le mendiant, fidèle à sa parole, lui dit en montrant l'autre bord de la rive :

— Regardez, le voilà!

Et il disparut.

Hermann regarda et vit, en effet, l'Amour sur l'autre rive, l'Amour, toujours jeune, avec ses cheveux blonds, sa taille svelte et ses doigts roses.

Mais, comme il n'avait point de barque pour traverser la rivière, il s'écria de toutes ses forces :

— Amour! Amour! me voilà! attends-moi!

L'Amour se retourna, et, le fixant d'un œil de

compassion, il laissa tomber de sa bouche nacrée ces froides paroles :

— Que voulez-vous de moi?

— Enfant, c'est moi, je suis ton Hermann.

— Vous me trompez, dit l'Amour. Hermann était jeune et beau : vos cheveux sont tout blancs et votre visage est ridé. Je vous le répète, vous me trompez ; je ne vous connais pas!

Et il s'enfuit, épouvanté par le vieillard.

Hermann poussa un cri de désespoir, et tomba, en pleurant, sur la pierre où s'était assis le vieux mendiant.

. . . .

A quelques jours de là, un pêcheur aperçut, flottant sur l'eau, le cadavre d'un vieillard aux cheveux blancs, inconnu dans le pays. On l'enterra près du fleuve, et une croix noire sans inscription recouvrit sa modeste tombe.

Depuis cette époque, l'herbe a poussé, la croix a disparu, et l'on ne parle plus guère, dans les environs, du vieillard qui est venu mourir en cet endroit.

— « Allons, amis, s'écria Wilhelm en se levant et se rapprochant de la table, notre punch est éteint, rallumons la bougie et remplissons les verres! La tempête est calmée, vous allez pouvoir retourner chacun chez vous. Eh bien, qu'avez-vous donc tous? Vous paraissez mornes, abattus, désespérés. Cet effet serait-il produit par l'histoire d'Hermann?... Ce serait plaisant! Est-ce que nous courons après l'amour, nous autres jeunes gens d'aujourd'hui? Buvons!

« Et, quand l'ennui du célibat nous prendra, nous choisirons le premier venu parmi ces anges exposés aux enchères sur les tabourets des salles de bal, quelque héritière de salon, et nous l'épouserons, amis!

« Puis, nous nous endormirons tranquillement en rêvant caisse d'escompte, actions de chemins de fer et crédit mobilier... Car le lit nuptial de l'amour actuel est un coffre-fort qui a un grand livre pour sommier et un sac d'écus pour édredon. »

LE CANCAN

« Qu'en un lieu, dans un jour, un seul fait accompli
« Tienne jusqu'à la fin le théâtre rempli.

BOILEAU.

Ce serait une jolie comédie de mœurs à faire que celle du *Cancan*, une comédie allégorique bien entendu ! Nous n'avons aucune prétention au titre d'auteur dramatique et pour cause. Aussi est-ce sans peur d'être taxée d'aspirer à remplacer M. Poquelin de Molière que nous livrons au public la *pièce* suivante. Elle servira de diversion ici, en même temps qu'elle indiquera comment il suffit d'un *cancan* pour troubler la paix du meilleur ménage.

LE CANCAN

ACTUALITÉ DE CARNAVAL

SOUVENIR D'UN BAL MASQUÉ

COMÉDIE EN 3 ACTES EN PROSE

PERSONNAGES

M. TOUT LE MONDE.
LE CANCAN. (Ce rôle peut être joué en travesti).
LA VÉRITÉ.
LA CALOMNIE.
LA MÉDISANCE.
UN OFFICIER BLOND.
GEORGES } Jeunes époux.
MADELEINE } Jeunes époux.

Pour les trois actes la scène se passe un peu partout. Le décor, qui ne change pas, est à volonté. Un puits à droite ou à gauche, ad libitum, *beaucoup de grosses et de petites pierres de-ci, de-là.*

ACTE PREMIER

SCÈNE Ire

M. TOUT LE MONDE, *se promenant de long en large.*

Je m'ennuie! je m'ennuie! pourquoi? pourquoi?

SCÈNE II

LE MÊME. — LA VÉRITÉ.

LA VÉRITÉ, *sortant à mi-corps de son puits.*

Tu t'ennuies, parce que tu es laid, bête et méchant.

TOUT LE MONDE.

Oh! te voilà, pécore maudite! (*Il lui jette des pierres. — La Vérité s'enfonce et disparaît*).

SCÈNE III

M. TOUT LE MONDE, *seul.*

Il y a des gens bien insupportables! De quoi vient-elle se mêler? Je m'étonne qu'elle ose encore se frotter à moi. Depuis que j'existe, je l'ai toujours reçue à coups de trique! — Que je m'ennuie! Pourquoi?

SCÈNE IV

LE MÊME. — LA MÉDISANCE. — LA CALOMNIE.

LA MÉDISANCE.

Bonjour, Tout le Monde! Tu t'ennuies parce que probablement,... je n'affirme rien!... bien que je sache quelque chose. Mais je ne suis pas méchante... Je ne dis que ce que je crois voir ! — Tu t'ennuies parce que tu n'es pas méchant et que tu n'es pas bon. — Certainement ; je ne t'aime guère, mais je ne te hais pas non plus... choisis... Voilà mon conseil.

M. TOUT LE MONDE.

Ma chère amie, qui ne me haïssez pas et qui ne m'aimez guère, je ne vous comprends pas du tout.

LA CALOMNIE.

Et comment veux-tu la comprendre, cette Tartufe? cher Tout le Monde! Elle a tué son père, sa mère, ses quatre enfants... Elle est fille des rues et elle empoisonne ses amants pour les dépouiller.

LA MÉDISANCE.

Je crois, chère sœur, que vous allez un peu loin.

M. TOUT LE MONDE.

Ouais! mais tout cela ne me dit pas pourquoi je m'ennuie.

SCÈNE V

LES MÊMES. — LA VÉRITÉ.

LA VÉRITÉ.

Tu t'ennuies, parce que tu es bête, laid et méchant. (*Elle disparaît.*)

SCÈNE VI

LES MÊMES, *moins* LA VÉRITÉ.

M. TOUT LE MONDE, *furieux.*

Qu'est-ce qu'elle a dit? Qu'est-ce qu'elle a dit?

LA MÉDISANCE.

Oh! presque rien! Que tu n'étais pas très joli, ni très spirituel, ni très bon.

M. TOUT LE MONDE.

C'est déjà trop... mais enfin! il n'y a pas grand mal!

LA CALOMNIE.

Pauvre imbécile! Tu écoutes ma sœur... Elle te

trompe... La Vérité a dit de toi que tu étais un monstre d'ignominie, que le diable t'a vomi sur la terre pour rebâtir Sodome et Gomorhe et que tu mourras sur l'échafaud.

TOUT LE MONDE, *exaspéré.*

Ah! infâme canaille de Vérité! Attends! *(Il jette des pavés dans le puits et le comble.)* Là, comme ça tu ne bougeras plus! Quant à vous, mes bonnes amies, détalez chacune de votre côté, s'il vous plaît. L'une parle comme de l'eau claire, l'autre parle comme de l'esprit à soixante et dix degrés... ça ne me va pas. Adieu!

(Sortent la Médisance et la Calomnie.)

SCÈNE VII

M. TOUT LE MONDE, *seul.*

Décidément, je m'ennuie à crever. J'ai déjeuné... je n'ai plus faim... mais j'ai la digestion lourde.

SCÈNE VIII

LE MÊME, LE CANCAN.

LE CANCAN.

Justement! Voilà la cause de ton ennui! Tu

digères mal ! Tu n'es pas méchant, tu n'es pas bête, tu n'es pas laid... Mais tu digères mal. Je viens t'apporter le remède à tes maux.

M. TOUT LE MONDE.

Ah ça ! mais qui es-tu, toi?

LE CANCAN, *se posant.*

Devine.

M. TOUT LE MONDE, *le lorgnant.*

Museau de renard, œil de mouton, oreille d'âne, langue de couleuvre, patte de chat (griffes et velours), ventre de chanoine, jambes de cerf, chair de caoutchouc... Je n'ai jamais rien vu de semblable dans mes domaines... Comment t'appelles-tu?

LE CANCAN.

Je me nomme le Cancan... Viens avec moi, je te ferai digérer gaîment. Je te sucrerai la Calomnie et je t'acidulerai la Médisance. Le Cancan n'est ni l'eau claire, ni l'eau-de-vie. Le Cancan, c'est un bon petit grog qui se sert bien chaud après le repas... Allons, en route !

M. TOUT LE MONDE.

Il m'amuse, le petit bonhomme. (*Ils sortent.*)

SCÈNE IX

LA MÉDISANCE. — LA CALOMNIE, *ensemble.*

M. Tout le Monde est pincé! Nous avons bien fait d'inventer le Cancan!... Allons lui tailler de la besogne. (*Exeunt.*)

SCÈNE X

LA VÉRITÉ, *au fond du puits.*

Vous avez beau combler mon puits... Je sors toujours... J'y mets plus ou moins de temps... Voilà tout!

FIN DU PREMIER ACTE.

ACTE DEUXIÈME

SCÈNE Ire

GEORGES. — MADELEINE.

GEORGES.

Tu m'aimeras toujours?

MADELEINE.

Toujours... et toi?

GEORGES.

Toute la vie! Attends-moi une minute. J'entre à la poste pour recommander une lettre.

MADELEINE.

Une lettre!... A qui?...

GEORGES.

A mon tailleur... attends-moi! (*Il l'embrasse et sort.*)

SCÈNE II

MADELEINE, *seule.*

O mon Georges... que je l'aime! Il est si bon... je l'aimerai toujours... Qu'est-ce que c'est que ces gens-là? (*Elle se cache derrière le puits.*)

SCÈNE III

MADELEINE, *cachée.* — LE CANCAN. — M. TOUT LE MONDE, *sortant de la poste aux lettres.*

LE CANCAN.

Oui, mon cher, on m'a dit que Georges avait une maîtresse à Paris.

M. TOUT LE MONDE.

Alors, c'est à elle qu'il écrit?

LE CANCAN.

Qui sait?... Moi, je vous dis ça pour causer... simplement... N'allez pas le répéter.

M. TOUT LE MONDE.

Jamais... (*Criant.*) Ah ! Georges trompe sa femme. Ah! ah ! Il a une maîtresse ! Quelle conduite... C'est affreux.

LE CANCAN.

C'est abominable ! On dit même... mais non... ces choses-là... c'est si grave !...

M. TOUT LE MONDE.

On dit?... on dit quoi?

LE CANCAN.

Non... décidément... d'abord... les *on dit*, ça n'est jamais vrai.

M. TOUT LE MONDE.

Qu'est-ce que l'on dit?... Voyons... est-ce que?... Oui, il a des enfants de sa maîtresse.

LE CANCAN.

Qui est-ce qui vous l'a dit?

M. TOUT LE MONDE.

Je l'avais toujours cru, maintenant j'en suis

sûr... Cette pauvre petite femme, il va lui faire une jolie existence... il lui mangera tout son bien.

LE CANCAN.

On m'a assuré que l'aîné est tout son portrait. (*Ils passent.*)

SCÈNE IV

MADELEINE.

Oh! malheureuse que je suis! Je vais retourner chez mes parents. Oh! les hommes, les hommes! (*Elle sort en pleurant.*)

SCÈNE V

GEORGES, *sortant de la poste.*

Là, je n'ai pas été longtemps... Eh bien! où donc est Madeleine?

SCÈNE VI

LE MÊME. — LE CANCAN. — M. TOUT LE MONDE.

M. TOUT LE MONDE

Bonjour, Georges! Vous cherchez votre femme?

GEORGES.

Oui... l'avez-vous vue?

M. TOUT LE MONDE, *grave.*

Monsieur, quand un homme nouvellement conjoint...

LE CANCAN, *l'arrêtant, bas.*

Qu'est-ce que vous faites? Il ne faut pas lui dire que sa femme sait tout.

M. TOUT LE MONDE, *bas.*

C'est juste (*haut*). Votre femme vient d'entrer dans le Luxembourg... elle est très gaie... elle chantait. (*Bas au Cancan.*) Comme je dissimule bien, hein?

GEORGES.

Je lui avais dit de m'attendre... Singulière idée d'entrer toute seule au Luxembourg.

LE CANCAN, *entre ses dents.*

Oh! toute seule!

GEORGES, *à M. Tout le Monde.*

Comment... elle n'était pas seule!... Avec qui donc, s'il vous plaît?

TOUT LE MONDE.

Pardon! mais je n'ai rien dit!

GEORGES.

Pardon, vous avez dit : Oh! toute seule, et cela en ricanant.

TOUT LE MONDE, *au Cancan.*

Est-ce que j'ai dit cela, moi?

LE CANCAN.

Je crois l'avoir entendu... mais du moment que monsieur l'affirme... il est évident...

M. TOUT LE MONDE.

Alors, ça m'aura échappé, en effet, je crois avoir vu avec elle...

GEORGES, *haletant.*

Un officier... n'est-ce pas? Un grand blond!

LE CANCAN, *à M. Tout le Monde.*

Vous m'aviez bien dit un officier, mais vous ne m'aviez pas dit qu'il fût blond.

M. TOUT LE MONDE, *ahuri*

Quel officier?

GEORGES.

Il est inutile de nier, vous l'avez dit à monsieur.

LE CANCAN.

Vous ne m'avez pas dit tout à l'heure... (*Lui poussant le coude, bas.*) Allez donc, c'est drôle!

M. TOUT LE MONDE, *bas.*

Ah! c'est une farce! Bien, bien! (*Haut.*) Mais certainement : je me le rappelle... Un officier, un grand brun.

LE CANCAN.

Blond... Vous disiez blond.

GEORGES.

Voyons! dites-vous blond ou brun?

M. TOUT LE MONDE.

Blond, j'ai dit blond, parbleu! Un grand officier blond.

GEORGES.

Ah! la malheureuse, elle me trompe!... Je vais les tuer tous les deux. (*Exit.*)

SCÈNE VII

LES MÊMES, *moins* GEORGES.

LE CANCAN.

Adieu, je vais voir ce qui arrivera. (*Fausse sortie.*)

M. TOUT LE MONDE, *l'arrêtant.*

Il n'arrivera rien, puisqu'il n'y a pas d'officier, et que je n'ai rien vu.

LE CANCAN.

Dites-vous la vérité? Vous voyez bien que Georges sait tout.

M. TOUT LE MONDE, *criant.*

Tout quoi? Il y a donc un officier blond?

LE CANCAN.

Faites-donc le discret. Vous l'avez bien vu, farceur... Allons, à demain. (*Il sort.*)

SCÈNE VIII

M. TOUT LE MONDE.

Le fait est que je crois me rappeler... Ainsi voilà où nous en sommes... deux jeunes mariés! et le mari a une maîtresse et huit enfants pour lesquels il se ruine, tandis que sa femme soupe en cabinet particulier avec un lieutenant de carabiniers. Un fort bel homme, du reste. Oh le monde! le monde! Je vais dîner... le garçon a raison, j'ai parfaitement digéré. (*Il sort.*)

SCÈNE IX

LE CANCAN, LA MÉDISANCE, LA CALOMNIE.

LA MÉDISANCE ET LA CALOMNIE.

Eh bien?

LE CANCAN.

M. Tout le Monde est pris, je le laisse dîner,

e le reprendrai ensuite, seulement, je ne sais plus que dire...

(LA MÉDISANCE et LA CALOMNIE *lui donnent un carnet.*

Tiens! en voilà pour toute la soirée.

LE CANCAN.

Merci, chères mères, je vais au café.

LA MÉDISANCE.

Moi dans les coulisses de l'Opéra.

LA CALOMNIE.

Amusez-vous bien... je vais au salut. (*Ils sortent.*)

SCÈNE X

LA VÉRITÉ, *dans l'intérieur du puits.*

Allons, j'approche insensiblement. J'ai mis dans ma tête de sortir... je sortirai... C'est drôle, ça! Je n'ai jamais fait de mal à personne : j'apporte même le bonheur pour tous. Eh bien, c'est à qui me daubera le plus. Personne ne m'aide. Je n'ai qu'un ami... l'*Avenir*. Il me comprendra, lui, mais il faut que je sorte pour aller le trouver... Il m'attend; mais il travaille loin! Allons, déblayons, déblayons!

FIN DU DEUXIÈME ACTE.

ACTE TROISIÈME

SCÈNE Ire

M. TOUT LE MONDE, LE CANCAN.

M. TOUT LE MONDE.

On dîne bien chez ce diable de Veaufumé !

LE CANCAN.

Oh ! depuis son procès, il se soigne.

M. TOUT LE MONDE.

Comment ! un procès !... Je n'avais jamais entendu parler de cela... Il a donc volé, assassiné...

LE CANCAN.

Non, c'est une niaiserie... pour de la viande malsaine...

M. TOUT LE MONDE.

Vous m'étonnez! Tout ce qu'il vend est de première qualité.

LE CANCAN.

C'est possible! je n'y mange jamais. Du reste, je ne suis pas bien sûr que ce soit lui.

M. TOUT LE MONDE.

Enfin, si par hasard c'était lui... Toujours est-il que maintenant c'est parfait!

LE CANCAN.

Aussi, tout me porte à croire que je me suis trompé.

M. TOUT LE MONDE.

Qu'est-ce que ça fait? Seulement, c'est bon à savoir.

LE CANCAN.

Mais je n'affirme pas.

M. TOUT LE MONDE.

Vous me prenez donc pour un imbécile... Je

vois son *truc* d'ici. Il s'est dit : Il faut faire revenir ma clientèle... et dans quinze jours, il recommencera.

LE CANCAN.

Peut-être avant.

M. TOUT LE MONDE.

C'est peut-être déjà fait. J'ai mangé d'un certain filet de bœuf...

LE CANCAN.

Excellent !

M. TOUT LE MONDE.

Non pas excellent ! Au contraire, je lui ai trouvé un certain goût...

LE CANCAN.

Il ne faut pas y faire attention. Les bœufs sont malades cette année.

M. TOUT LE MONDE.

On doit choisir, que diable !

LE CANCAN.

On ne s'y connaît pas toujours.

M. TOUT LE MONDE.

Vous excusez toujours tout, vous... Je vous dis moi, que ce Veaufumé est un voleur, il nous donne de la viande pourrie...

LE CANCAN.

Oh! pourrie!... je n'ai pas dit...

M. TOUT LE MONDE.

Vous n'avez rien dit... Mais j'ai mangé le filet moi, et je ne suis pas un sot. Je n'irai plus chez Veaufumé, il fermera sa boutique, il ira crever à l'hôpital.

LE CANCAN.

Vous êtes sévère.

M. TOUT LE MONDE.

Ça lui apprendra à ne pas empoisonner ses pratiques. Je ne me sens pas bien... Ce filet... Ah! misérable Veaufumé! (*Ils sortent.*)

SCÈNE II

GEORGES, UN OFFICIER BLOND.

GEORGES.

Un mot, monsieur.

L'OFFICIER BLOND.

Deux, si vous voulez !

GEORGES.

Vous vous êtes promené avec ma femme dans le Luxembourg.

L'OFFICIER BLOND.

Vous vous trompez, monsieur.

GEORGES.

Vous m'en rendrez raison.

L'OFFICIER BLOND.

Mais vous êtes fou, monsieur; je vous répète que je n'ai pas eu l'honneur de me promener avec votre femme dans le Luxembourg.

SCÈNE III

LES MÊMES. — LE CANCAN. — TOUT LE MONDE.

LE CANCAN.

Tiens, on se dispute ici !

GEORGES.

Arrivez, monsieur Tout le Monde ; voici monsieur qui me refuse satisfaction.

M. TOUT LE MONDE.

D'abord, de quoi s'agit-il?

L'OFFICIER BLOND.

Monsieur prétend que j'étais au Luxembourg avec sa femme.

GEORGES.

Et monsieur prétend que non... Mais M. Tout le Monde vous a vu.

L'OFFICIER BLOND, *à M. Tout le Monde.*

Vous m'avez vu... vous?

M. TOUT LE MONDE.

Certainement... c'est à dire...

L'OFFICIER BLOND.

Vous mentez !

LE CANCAN.

On pourrait peut-être arranger l'affaire.

GEORGES.

Soit !... Vous serez mes témoins ! (*Il emmène le Cancan et M. Tout le Monde dans un coin, tandis que l'officier blond reste seul dans un autre.*) Voyons, messieurs, je suis l'offensé, n'est-il pas vrai ?

LE CANCAN.

Jusqu'à présent... car enfin, si votre femme... Mais, parlez donc, monsieur Tout le Monde.

M. TOUT LE MONDE.

C'est une horreur ! un charmant garçon comme vous... certainement, vous êtes l'offensé.

GEORGES.

Demandez une dernière fois à monsieur, s'il

veut, oui ou non, convenir de la promenade au Luxembourg.

LE CANCAN.

Nous vous obéissons. (*En marchant.*) Vous êtes cause de tout : tâchez au moins de mener à bien la négociation.

M. TOUT LE MONDE.

Moi, je ne suis cause de rien.

LE CANCAN.

Pourquoi parler de l'officier blond? C'est ça qui a tout gâté!

M. TOUT LE MONDE.

Pardon, c'est Georges qui, le premier...

LE CANCAN.

Voyons, si vous disiez que vous ne l'avez pas vu. Je crois, je veux bien croire que vous l'avez vu.

M. TOUT LE MONDE.

Comment, vous voulez bien croire! Mais alors, je suis donc un menteur, un hâbleur, un craqueur!

LE CANCAN.

Eh bien, oui! vous l'avez vu, êtes-vous content?

L'OFFICIER BLOND.

De quoi vous a chargé Georges?

LE CANCAN.

De vous demander une dernière fois si vous avouez.

L'OFFICIER BLOND.

Mais, je n'ai rien à avouer.

M. TOUT LE MONDE.

Je comprends votre délicatesse, et je l'apprécie; mais alors comment arranger l'affaire, si vous niez par un scrupule...

LE CANCAN.

Qui vous honore, du reste!

L'OFFICIER BLOND.

Messieurs, je n'ai jamais reculé devant un duel; mais je vous jure sur l'honneur...

M. TOUT LE MONDE.

Monsieur, je vous admire... C'est beau, très beau... Je vais porter votre réponse.

LE CANCAN, *en marchant.*

Certainement, c'est beau... Je parjure pour sauver l'honneur d'une femme... donner sa parole...

M. TOUT LE MONDE.

Ça, c'est de trop... Il pourrait dire *non* sans donner sa parole d'honneur.

LE CANCAN.

Il ne tient peut-être pas beaucoup à se battre...

M. TOUT LE MONDE.

Oh ! un officier ! Il est vrai que quand on donne sa parole, on est capable de bien des choses.

LE CANCAN.

Êtes-vous bien sûr de l'avoir vu?

M. TOUT LE MONDE.

Ah ça ! vous plaisantez. Je ne suis pas un lâche,

moi. Je vous donne ma parole d'honneur que je l'ai vu comme je vous vois.

LE CANCAN.

Alors, c'est tout simple... il en a menti.

GEORGES.

Eh bien? la réponse?...

M. TOUT LE MONDE.

Il nie, il a donné sa parole d'honneur.

GEORGES.

Ah! il a donné sa parole d'honneur. C'est bien différent!

LE CANCAN.

Ce n'est peut-être pas lui!

GEORGES.

En effet! quand un officier donne sa parole... M. Tout le Monde se sera trompé.

LE CANCAN.

C'est ce que je lui dis... il s'est trompé, on se

trompe tous les jours, ça n'est pas déshonorant, ça n'est que ridicule, tout au plus!

M. TOUT LE MONDE.

Je vous admire tous les deux, moi... Comment, M. Tout le Monde se tromper, être ridicule!... vous me feriez sortir de mon caractère, à la fin... Arrangez-vous, je ne m'en mêle plus!

GEORGES.

Vous ne l'avez donc pas vu, alors?

LE CANCAN.

Dame, puisqu'il se retire, c'est qu'il n'est pas sûr!...

M. TOUT LE MONDE, *exaspéré.*

Eh bien, non! Je ne me retire pas. Je l'ai vu et il en a menti comme un lâche qu'il est; battez-vous, tuez-vous! Mais vous ne donnerez jamais un tort ou un ridicule à M. Tout le Monde, entendez-vous!

L'OFFICIER BLOND, *s'approchant.*

Tout est-il arrangé?

GEORGES.

Vous êtes un lâche! Vous en avez menti!

L'OFFICIER BLOND.

En garde! monsieur. (*Ils se battent et se tuent tous les deux.*)

LE CANCAN.

Vous avez fait un joli coup, monsieur Tout le Monde.

SCÈNE IV.

LES MÊMES. — MADELEINE.

MADELEINE.

Où est Georges? je lui pardonne, je l'aime. Grand Dieu! mort!

LE CANCAN.

Tâchez de la consoler.

M. TOUT LE MONDE.

Voyons! ma chère enfant. Il vous aimait tant!...

MADELEINE.

Mais pourquoi, s'est-il battu?

M. TOUT LE MONDE.

Il s'est battu par amour pour v...

LE CANCAN, *bas.*

Taisez-vous donc..., si vous lui dites qu'il s'est battu pour elle, elle est capable d'en mourir.

M. TOUT LE MONDE.

Vous avez raison.

MADELEINE.

Mais encore une fois, pourquoi s'est-il battu?

LE CANCAN.

Mon Dieu, vous savez!... les hommes sont des hommes!

MADELEINE.

Ah! il s'est battu pour une femme. Vous vous taisez... Mais vous voyez bien que vous me tuez... parlez donc?

M. TOUT LE MONDE.

Oui, il s'est battu pour une femme!

MADELEINE.

Pour celle dont il a des enfants...

LE CANCAN.

Non... pas pour celle-là.

MADELEINE.

Comment! pas pour celle-là?—Il avait donc plusieurs maîtresses?

LE CANCAN.

Vous savez, les hommes. (*A M. Tout le Monde.*) Appuyez! C'est pour son bien!

M. TOUT LE MONDE.

Oui, mon enfant, c'était un homme indigne de votre tendresse. Il avait tous les vices, et vous seriez morte de misère et de désespoir avec un être pareil.

MADELEINE.

Vous avez peut-être raison.

LE CANCAN, *à M. Tout le Monde, bas.*

Voyez comme elle se remet peu à peu, la chère

enfant ! (*Haut.*) C'est un affreux malheur; mais vous êtes jeune et jolie et tous les hommes ne sont pas des monstres comme votre mari.

MADELEINE.

Je l'aimais pourtant.

M. TOUT LE MONDE.

Oh l'amour, voilà une grande sottise ! Qu'est-ce que c'est que l'amour ! Une bataille perpétuelle. Si la femme donne tout son cœur, l'homme en rit avec ses maîtresses t ses amis. L'amour, c'est la source de tous nos maux.

LE CANCAN.

Il y en a d'heureux, mais c'est si rare. Et puis n'est-il pas meilleur d'être libre? on se moque des hommes; on les raille; on leur dit : Non, merci ! Je la connais celle-là, et je n'en veux plus ! Je vous aimerai, et puis vous me trahirez; vous me laisserez sans appui, après vous être fait tuer pour une drôlesse.

M. TOUT LE MONDE.

Il vaut mieux tuer le loup que le loup ne nous croque.

MADELEINE.

C'est vrai! Aimer, c'est insensé! Aussi, je n'aimerai plus jamais et gare aux hommes qui me tomberont sous la griffe. (*Elle sort la tête haute.*)

SCÈNE V

LES MÊMES, *moins* MADELEINE.

M. TOUT LE MONDE.

J'ai bien peur que cette petite femme-là ne tourne mal.

LE CANCAN.

Elle a bien vite oublié son mari!

M. TOUT LE MONDE.

Ça n'a pas de cœur... mariez-vous donc, et faites vous tuer pour votre femme... voilà votre oraison funèbre... Je vais souper... venez-vous?

LE CANCAN.

Je vous rejoindrai ensuite, je suis invité.

M. TOUT LE MONDE.

Par une femme?

LE CANCAN.

Chut! c'est un secret!

M. TOUT LE MONDE.

Oh! dites-moi son nom.

LE CANCAN.

Vous allez le répéter.

M. TOUT LE MONDE.

Non! parole d'honneur.

LE CANCAN.

C'est la petite Fleur de Macadam!

M. TOUT LE MONDE.

Ma maîtresse!... Oh le misérable!...

LE CANCAN.

Oh! si j'avais su... mais, c'est en tout bien tout honneur, je vous réponds... et puis je ne savais pas... Vous m'en voulez... où allez-vous?

M. TOUT LE MONDE.

Je vais rouer de coup, Fleur de Macadam.

(*Il sort.*)

SCÈNE VI

LE CANCAN, LA MÉDISANCE, LA CALOMNIE.

LE CANCAN.

Eh bien, chères mères, pour les débuts du Cancan : deux hommes tués, une femme perdue, et M. Tout le Monde furieux! En un seul jour, ça n'est pas mal, n'est-ce pas?

LA MÉDISANCE ET LA CALOMNIE.

Sois béni, cher enfant. (*Elles sortent.*)

SCÈNE VII

LA VÉRITE, *toujours dans le puits.*

J'avance, j'avance!.....

FIN DU DERNIER ACTE.

Florence, 23 janvier 1866.

TABLE DES MATIÈRES

FIN DE LA TABLE DES MATIÈRES DU TOME SECOND.

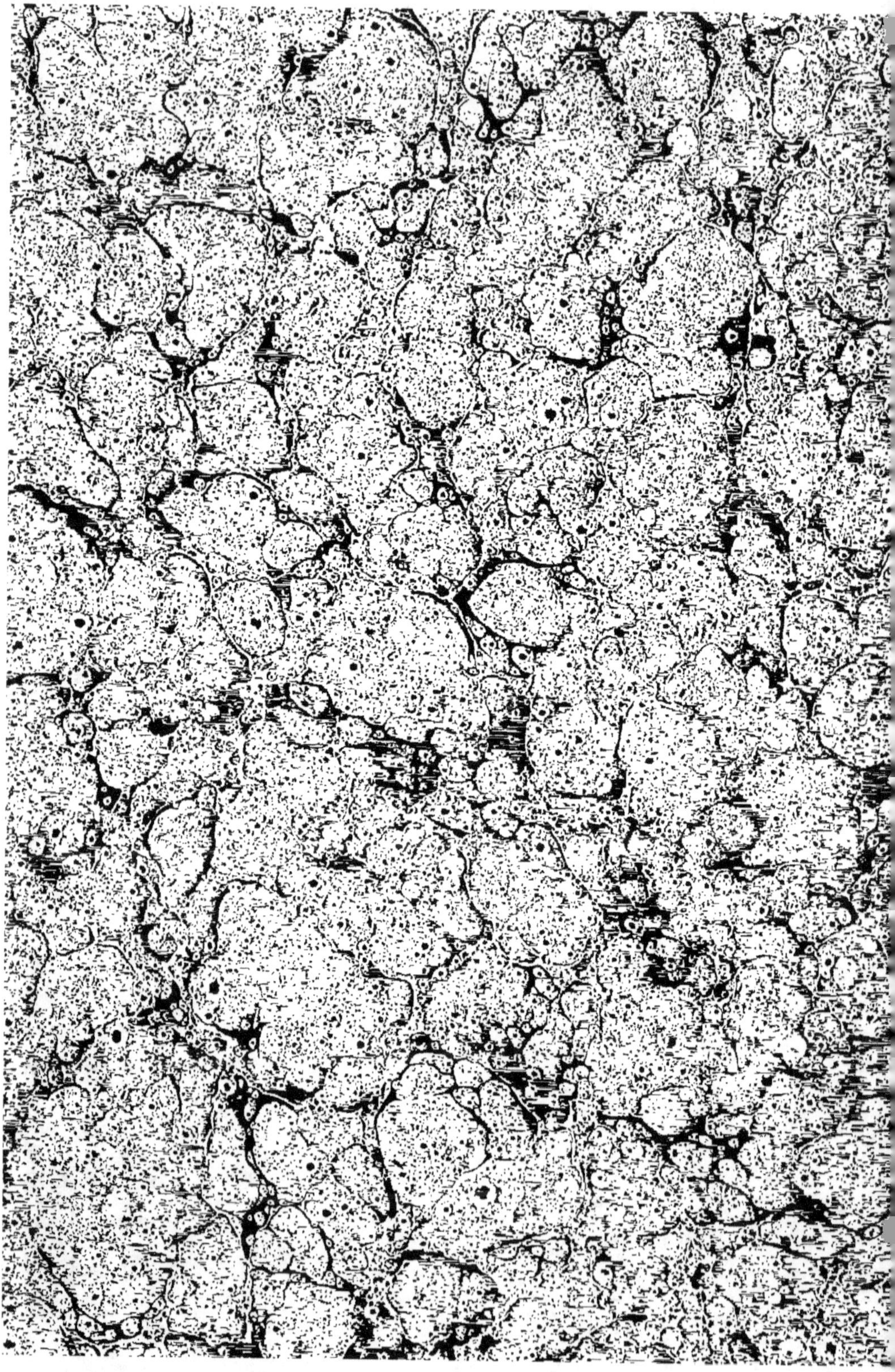

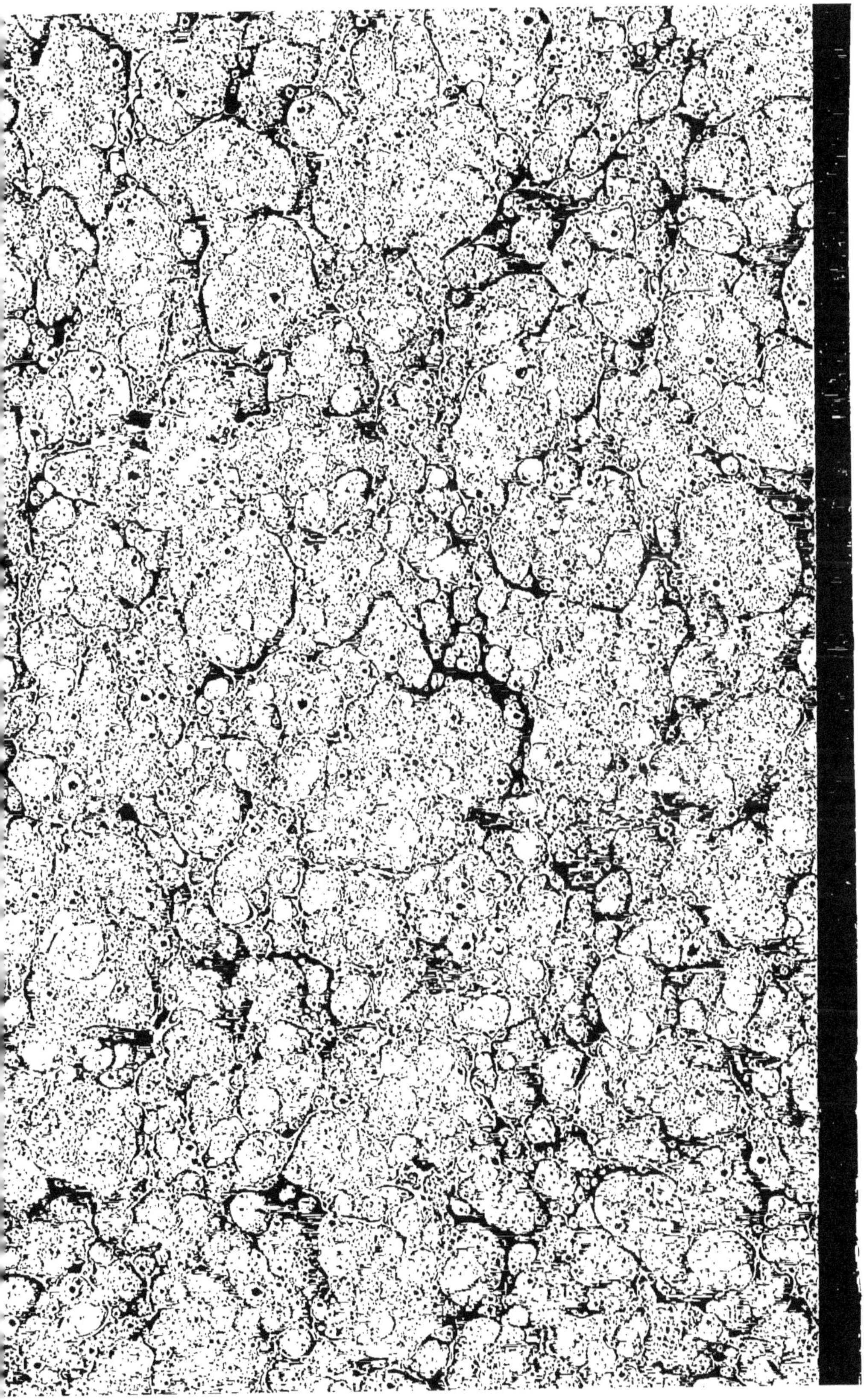

www.ingramcontent.com/pod-product-compliance
Lightning Source LLC
Chambersburg PA
CBHW050151030726
47505CB00005B/1323
* 9 7 8 2 0 1 3 7 1 3 7 9 5 *